1964 reisen Jäcki und Irma nach Portugal, in ein Land, das von einem Diktator beherrscht wird und von der Technologie moderner Industrienationen unberührt scheint. Teils gemeinsam, teils auf getrennten Wegen erkunden Jäcki und Irma ihre Umgebung, stets auf der Suche nach verborgenen Schichten einer fremden Kultur. Jäckis Bekanntschaft mit dem jungen Fischer Mario wird zu einem glücklichen erotischen Erlebnis und öffnet den Horizont zu fernen Kontinenten.
In seiner vielbändigen ›Geschichte der Empfindlichkeit‹ unternimmt Hubert Fichte den energischen Versuch, der Mittelmäßigkeit eines (auch literarischen) Regionalismus eine weltläufige Literatur entgegenzuhalten. Eine Reihe ethnopoetischer Erkundungen, die die Grenzen verschiedenster Kulturen und Subkulturen abtastet, führt Fichtes »Empfindlichkeit« zu einer radikal erweiterten Roman-Poetik, in der das Erzählte sich vermischt mit Glossen, Polemiken, Interviews und ethnographischen Studien. Eine Titelübersicht der ›Geschichte der Empfindlichkeit‹ befindet sich im Anhang dieses Buches.

Hubert Fichte, 1935 in Perleberg (Brandenburg) geboren, wuchs in Hamburg auf, war dort Kinderdarsteller, später Schauspieler, Landwirtschaftslehrling und Schafhirte in der Provence. Seit 1963 lebte Fichte als freier Schriftsteller in Hamburg. Zu seinen wichtigsten Werken zählen die Romane »Das Waisenhaus« (1964) »Die Palette« (1968) und »Versuch über die Pubertät« (1974), die ethnopoetischen Reiseberichte »Xango« (1976) und »Petersilie« (1980) sowie der mehrbändige *roman fleuve* »Geschichte der Empfindlichkeit« (ab 1987). Hubert Fichte starb 1986 in Hamburg.

Unsere Adresse im Internet: www.fischerverlage.de

Hubert Fichte

Eine Glückliche Liebe

Roman

Fischer
Taschenbuch
Verlag

Die Geschichte der Empfindlichkeit

Eine Glückliche Liebe

Herausgegeben von Gisela Lindemann

Ungekürzte Ausgabe
Veröffentlicht im Fischer Taschenbuch Verlag,
einem Unternehmen der S. Fischer Verlags GmbH,
Frankfurt am Main, Dezember 2005

Lizenzausgabe mit freundlicher Genehmigung
der S. Fischer Verlags GmbH, Frankfurt am Main

Druck und Bindung: Clausen & Bosse, Leck
Printed in Germany
ISBN-13: 978-3-596-16866-8
ISBN-10: 3-596-16866-X

Eine Glückliche Liebe

1.

Lava.
Feuerfontainen.
Raus aus spellenden Schlacken, Tausenden von Graden, kilometertief, hellflüssig in die Kälte des Anfangs, dachte Jäcki:
– Thomasbirne. Birne Helene.
Er ging auf den Berg zu.
Im Sturm zitternder Bims.
Türme von Soda.
Pottaschetafeln kippten.
Eine Pyramide verharrte die Spitze nach unten im Sand.
Die Kochbläschen wurden grau.
Ein Haff aus Sägen.
Jäcki hangelte sich auf die Plattform und sah übers Meer.
Jeden Tag andre Anschwemmsel unten.
Gestern Teufelsrocheneier.
Oder barocke, winzige Muscheln.
Kinder, die Frauen in schwarzen Tüchern, Fischer auch spürten sie auf zwischen den gröberen Kieseln aus Sand.
Jugendstilbroschen – Perlmutter, von Würmern in minoischen Labyrinthen besiedelt.
Fäden, viele Fäden.
Eine Flaschenpost.
Graugewaschene Kisten, graue Eierhölzer, grauer Kork.
Der zerrissene Bug eines Fischerbootes.
Blaues.
Rote Lungen, die nach Jod rochen.
Heute ließ die Ebbe breite, grüne Bänder in gleichmäßig erscheinenden Abständen auf dem Strand zurück.
Unten, an der Spitze, war die Pyramide mit Algen bewachsen, mit Kalkwarzen, Muscheln, die in der Sonne zu knacken begannen.
Die Krebse hinkten darüber hin.
Höher oben Disteln, die nach Fleurs de Rocaille dufteten.
Schnurgerade ruderten die Fischer vom Horizont her auf die Stadt zu.
Schnurstracks gingen sie über den Strand.

Geradewegs durch die Felsen.
Sie gingen etwas zu schnell.
Die Fischer trugen beutelige Hosen, in denen die Glieder hin und herschwangen.
Von Wellen naß lag der Stoff eng an den übertriebenen Rundungen des Rumpfes.
Der war etwas zu gedrungen.
Die Fischer rannten von den Angelfelsen her; Konservendosen, Nylontüten, Schnüre, Gerten, scharfe, schnellende Haken, Köder in der Hand sprangen sie, eben mit den Gerätschaften balancierend, von Kuppe zu Kuppe.
Die Fußsohlen klappten auf das Gestein.
Die Fischer hasteten hinunter, durch Schluchten, zum Strand, auf Cezimbra zu.
Jäcki sah die Stadt überdeutlich im Abenddunst; das Grün der Maulbeerbäume schwoll auf.
Jäcki erkannte den Fischmarkt, das Fort, das Hotel Espadarte, die Burg, die Werften mit den Gräten neuer Fischerboote, die Betonverschalungen für das Hotel Domar, die Ruinen der Schiffe am Kliff, wo Bettler hausten.
Jäcki witterte den Rauch der Sardinenöfen.
– Auch den Gendarmen und den Spitzeln läuft jetzt das Wasser im Munde zusammen.
Der Himmel verfinsterte sich violett, als schlüge ein riesiger Kardinal Cezimbra und die Felsen und das Meer in ein Cape aus Atlasseide.
Am Strand, von der Stadt her, kam eine dicke Frau.
Sie bog zum Kliff hin und legte eine Spalte im Schutt mit schwarzen Tüchern und Zeitungen aus.
Sie stellte ihre Einkaufstasche ab.
Schicht um Schicht, harte Blasen entlang, Zahn um Zahn tastete sich Jäcki zum Strand hinunter.
Er wollte nicht stürzen.
Er wollte nicht mit aufgeschlagenen Zehen ins Hotel zurückkehren.
Von der Stadt war jetzt nichts übrig als ein paar elektrische Punkte und der Lichtschlund der Eisfabrik und die hellen Bänder der

Lastwagenscheinwerfer und das rote Flackern der Kienholzfakkeln am Fischmarkt.
Jäcki bemerkte ein Taschenlampensignal vom Kliff.
Taschenlämpchen an.
Eine Sekunde, auch zwei.
Fast wie das Aufglimmen einer Zigarette.
Noch ein Nachblinzeln.
Der Strand schwärzer danach.
Alle zwei, drei Minuten.
Wohl von der dicken Frau.
Jäcki wurde beinahe von den Fischern angerempelt.
Er war geblendet vom Licht der Eisfabrik.
Erst im letzten Augenblick erkannte er etwas wie ein Blatt oder eine Plane.
Die Fischer liefen von der Stadt her Jäcki entgegen.
Sie kamen in dichten Scharen, schnurstracks, Schatten, in den verschiedenen Dunkelheiten des Wassers, der Wolken, des Sandes, des Schutts.
Jäcki drehte sich zur Pyramide, zum Berg zurück.
Die Felsen schienen in der Nacht gewachsen zu sein.
An den Rücken der Fischer fing sich etwas Licht.
Jäcki sah, wie sie abbogen und vom Kliff aufgeschluckt wurden.
Jäcki fing an, die Rampe zu entziffern, die sich vom Berg her geschoben hatte, Schicht um Schicht, und sich als Kliff auffächerte.
Wo der Schutt an den Strand stieß, bildete sich ein schwarzer Saum.
Der stand nicht still.
Drückte sich am Kliff entlang.
Rückte vor.
Es waren die Fischer, die sich in einer langen Schlange auf einen Spalt zubewegten.
Jäcki streifte so nahe an die Männer heran, wie er es wagen konnte, ohne von den neu Herbeirennenden mit in die Schlange gedrängt zu werden.
Einige begannen mit ihm zu flüstern.
Einer wollte ihn nach hinten ziehen.

Sie machten sich schon über ihn lustig.
Der öffnete seinen Schlitz und schlenkerte vor Jäcki mit seinem Geschlechtsteil herum, als sei es ein Paket Sardinen.
Jäcki ging bis zu dem Spalt vor.
Jenseits verliefen sich die Fischer einzeln, laß, lächelnd, auf Nachzügler ihrer Gruppe wartend.
Sie trödelten wieder nach Cezimbra hinein.
Drinnen im Kliff lag die dicke Frau in den Tüchern auf dem Rükken.
Jäcki sah zwei helle Schenkel, und rechts und links hingen die Brüste unter dem hochgerissenen Pullover heraus.
Der nächste Fischer rückte vor.
Die dicke Frau knipste die Taschenlampe aus.
Sie knipste die Taschenlampe wieder an.
Sie hob den Kopf.
Der Fischer stand auf und warf ein Stück Zeitungspapier weg.
Der nächste Fischer fiel herunter, reichte etwas ins Licht der Taschenlampe.
Die Frau ergriff den Geldschein.
Ihr Kopf sank zurück.
Sie hielt sich das Geld vor die Augen und knipste die Taschenlampe aus.
Die Schlange rückte vor.
Der nächste Fischer fiel ins Licht der Taschenlampe.
Kniete.
Zeitungspapier.
Die Männer traten auf der Stelle.
Die Schlange rückte vor, vor.

2.

Irma und Jäcki trafen sich im Hotel Espadarte.
Sie brauchten sich nicht zu verabreden.
Sobald es dunkel war, packte Irma die Kameras ein, und Jäcki klappte die Suche nach der verlorenen Zeit zu.
Sie wohnten in einem Doppelzimmer, Halbpension.
– Übrigens sagt Phyllis Smith, sagte Irma:

– Die Protestanten werden hier nachts, auf einem geheimen Friedhof begraben.
– Und am Kliff fallen Hunderte von Fischern über eine einzige Nutte her.
– Alle zu gleicher Zeit?
– Nein. Ordentlich der Reihe nach. Einmal Nutte in Cezimbra sein!
– Ich denke, du läßt dich nicht, sagte Irma.
– Ich meine, mehr so als Platonische Idee, für einen Roman. Das Höhlengleichnis. Der Schatten. Hast du gute Fotos gemacht?
– Das weiß ich nicht. Ich glaube schon. Das werde ich in Hamburg sehen. Oben, auf der Burg.
– Zu Fuß?
– Ein Friedhof, mitten in der Burg.
– Daß du das schleppen kannst mit all den Objektiven.
– Die Frauen scheuerten die Grabsteine für den Sonntag. Hast du auch solchen Hunger?
– Wenn man überall die Sardinen riecht. Vor jedem Haus die Öfen, auf dem Pflaster. Sie schrubben auch das Pflaster.
– Mir wird ganz übel von dem Geruch.
– Ich rieche das gern. Ich komme mir vor wie der Jäger, der mit Fellen behängt durch die Sturmnacht auf das Braten der Seßhaften zugeht. Als ich Schäfer war, ließ ich im Dämmern die Herde allein und lief vorweg in den Stall und hängte den Kessel mit Wasser in das Kaminfeuer. Ich schabte Möhren und schälte Kartoffeln und warf Porree und Knoblauch und Zwiebeln hinein, grobes Salz und dicke harte französische Wurst. Die Schafe fraßen sich von selbst auf den Stall zu. Wenn ich die Lämmer bei den Müttern hatte, war die Suppe fertig. Ich suchte mir noch Thymian, Rosmarin, Pfefferkraut, Salbei. Wacholderbeeren hatte ich in der Tasche. Mein Hunger war so groß, daß ich manchmal den ganzen Kessel leerfraß. Ich sterbe vor Hunger.
– Halbpension.
– Wollen wir in einer Bude am Kai Hummer essen?
– Die Fischer grillen so scharf. Ich esse Hummer gern, aber ich mag kein angekohltes Fischeiweiß. Und das Ribamar?
– Das Ribamar. Hast du Vertrauen zu einem feinen Restaurant?

Es gab nur wenige Touristen in Cezimbra, die bereit waren, auf die Halbpension zu verzichten, um in einem Restaurant zu essen, wo Kerzen auf dickbetropften Flaschen brannten, Fischernetze den Rauhputz verschleierten und glasige Krabbenpanzer neben Knoblauchzöpfen von der Decke hingen.
Der Kellner brachte die Karte.
– Ein Fischer, dachte Jäcki:
– Den eine englische Portweinfirma mit einer weißen Jacke und einer Fliege verkleidet hat.
Der Fischer bedrohte Jäcki und Irma nicht mit dem Aperitiv.
Jäcki versuchte die Gerichte aus einer engen, gleichmäßig verschnörkelten Schrift herauszubuchstabieren.
– Sopa Alentejana, las Jäcki.
– Ach, Suppe ist mir abends zu schwer. Ich nehme vielleicht einen gemischten Salat.
Jäcki las Robalo und Bezugo und Sarda und Sardinha.
Patata verstand er und Carne.
Der Fischer mit der Fliege sagte:
– Lulas . .
Die Wörter begannen auf seinen Lippen zu explodieren, Jäcki konnte nicht mehr ausmachen, wann der eine Begriff endete und der nächste begann.
– Lulatsch? fragte Irma.
Der Kellner fing an, unanständige Bewegungen in die Luft zu zeichnen.
Gefüllte Lulatsche.
Ein vollgestopfter Bauch.
Krabbelnde Finger.
– Kuddeln, sagte Jäcki.
– O Gott, Irma.
– Tinta, der Fischer.
Jäcki:
– Tintenfisch! Und was ist Carne Alentejana?
Der Fischer machte mit der Hand die Geste: Weder Fisch noch Fleisch.
Jäcki verstand genau, es sollte nicht bedeuten: Das taugt heute nichts.

Vielleicht hieß es auch: Fisch und Fleisch.
– Carne Alentejana, sagte Jäcki.
– Und wenn wir es dann nicht mögen?
– Früher warst du nicht so krüsch.
– Ich bin nicht krüsch.
– Dann versuch doch mal den Lulatsch.
Jäcki sagte:
– A lista dos vinhos.
Der Kellner sagte:
– Subito.
– Rot? Tinto? Oder Weißwein?
– Nach Weißwein schläft man unruhiger. Es gibt Wein aus den Zwanziger Jahren.
– Unerschwinglich. Zwanzig Mark!
– Die Fischer trinken Rotwein zu Sardinen, sagte Irma.
– Es gibt Grünen Wein. Vinho Verde.
– Vinho Verde Branco.
– Weißen grünen Wein und roten grünen Wein, Vinho Verde Tinto. Wenn du Tintenfisch nimmst, dann versuch doch den roten grünen Wein.
Der Fischer machte ein saures Gesicht.
Irma sagte nichts.
Sie hatte es bemerkt.
Der Kellner goß Jäcki aus einer schlanken Flasche das Glas mit sprudelndem Weißwein voll, Palacio de Brejoeira, numeriert; dann goß er Irma das Glas voll mit dunklem Rotwein.
Der Fischer stand lächelnd in der Haltung eines Ringers, weiß, mit Fliege.
– Der Gastfreund schenkt keinen schlechten Wein ein, man zweifelt nicht an der Qualität des eigenen Produktes – es bedeutet keine Nachlässigkeit dem tölpelhaften, dem verachteten Touristen gegenüber, daß der Kellner den Herrn nicht vorher probieren läßt; es ist die ältere Eleganz.
Der weiße grüne Wein schmeckte wie Wein aus dem Champenois, zur Ernte in einer großen Bombone ausgeschenkt.
Der rote grüne Wein schmeckte wie Asphalt.
Der Fischer brachte Irma den Salat und Jäcki die Suppe.

Ein tiefer Teller, randvoll mit Brühe, grüne Olivenölaugen, ein fast geronnenes, zitterndes Ei, Kräuter, Brot, wie eingeweichter Armer Ritter, Sopa Alentejana – es störte Jäcki ein bißchen wegen des Hauptgerichts Carne Alentejana aus syntaktischen Gründen.
Knoblauch, daß die Zunge brannte.
Ein morgenländisches Aroma.
– Schmeck mal.
Irma wollte gar nicht wieder aufhören.
Das Grünzeug, wie winzige Tangblasen, zerplatzte zwischen den Zähnen.
– Coentro, sagte der Kellner.
– Koriander.
– Damit bäckt man in Leipzig die Weihnachtssterne.
– Frischer Koriander! Grüner Koriander!
– E salsa.
– Salsa.
– Salsa?
Der Fischer kam mit einem Bündel Petersilie aus der Küche.
Das sollten sie ja nicht vergessen.
– Wir haben in Hamburg keinen Koriander.
Die Lulatsche erschienen Irma wie gebratene Fahrradschläuche.
Jäcki tauschte sie gegen die Carne Alentejana ein; es war ihm lieber wegen des Pleonasmus.
Er gab Irma das Zinnpfännchen hinüber voller gebratenem Schweinefleisch, scharf, grüner Koriander auch hier, kleine graue, gepunktete Muscheln, die der Fischer so genuschelt aussprach, daß Jäcki beim dritten Mal noch nicht verstanden hatte.
Mischmasch?
Am Arsch?
Ameisen?
– Ein bisexuelles Gericht, sagte Jäcki.
Er hatte angefangen, das Muschelfleisch mit einer leeren Muschel aus den gespreizten Schalen zu lösen; er reihte die leeren Muschelschalen eine in die andre schiebend am Tellerrand längs.
Irma fand das sehr hübsch.

Aldo hatte es Jäcki gelehrt, in Ganagobie, als es Miesmuscheln aus Marseille gab, in Weißwein und Mohrrüben.
Jäcki war jetzt glücklich mit den gefüllten Lulatschen.
Die Saugarme waren kleingehackt mit der Tinte zur Füllung benützt; Jäcki erinnerte der dicke weiße Tintenfisch nicht an einen Fahrradschlauch.
Irma aß begeistert das Fleisch und warf die Muschelschalen in die Soße.
Jäcki trank abwechselnd von dem eisigen grünen Champagnerwein und dem warmen Asphalt.
Unwiderstehlich wurde er angezogen von dem, was er nicht mochte.
Nach dem Hauptgericht sprachen Irma und Jäcki über den Tourismus, über die Völkerwanderung, über den Krieg, über die permissive society, über die Sprache, die zu sich selber kommt, über Knoll International, die Kolonien, domus, den Nouveau Roman, Art Nouveau, über die Höhere Schule, die Wiener Schule, Fra Angelico, Yves Klein, Pollock, On the Road, Naked Lunch, Warhol, Heißenbüttel und so weiter.
– Sobremesa?
– Nachtisch?
– Egal.
– Crème Caramel.
– Oder Castelo Dourado.
Weiße Berggipfel, Maurische Kastelle, Eidotter drübergeklekkert.
Der Kellner stellte ihnen eine Flasche mit Branntwein hin aus dem Jahre 1899.
– Da zogen Oma und Opa nach Hamburg in die Cholera, sagte Jäcki.
– Mein Urgroßvater starb, sagte Irma.
– In Cezimbra spendiert uns ein Fischer in weißer Jacke und Fliege am ersten Abend einen Branntwein aus dem vorigen Jahrhundert; bei Cölln in Hamburg essen wir seit Jahren alle unsere Austern, und der Nobelwirt hat uns noch nicht mal einen Käsewürfel spendiert.

3.
– A pescosa Cezimbra, heißt es bei Camões.
Fischmarkt um Mitternacht.
Vor allem das Donnern der Eismaschinen.
Die Arbeiter schleppten schwitzend Eisbalken auf den Schultern.
Die Fischer brachten Eisgrus in Bottichen, die Frauen, die Kinder, die Auktionäre, die Käufer aus Lissabon, die Spitzel.
Die beiden weißgekleideten Nonnen trugen kein Eis.
Das Neonlicht flackerte im Takt der Eismaschinen.
Eisgrus in bläulichen Bergen über den Strand verteilt.
Fackeln.
Die Scheinwerfer des langsam wendenden Lastwagens.
Die Schatten der Kisten und Männer wurden über den Strand geschleudert.
Die Köpfe schiefgezogen.
Die Scheinwerfer klappten die Kaimauer hoch.
Das Hotel kippte.
Draußen, kaum von Meer und Wolken zu trennen, dümpelte die Flotte, für die Nacht vertäut.
Fischer zogen von den Booten hoch, wie mit blecherner Rüstung behängt, Schwertfischen.
Mauren.
Ein Delphin.
Draht, rostig, durch den stramm geblähten Bauch.
Die Scholle atmete noch.
Getigerte Fische.
Schwarze.
Grüne Glasaugen.
Die Schwimmblase hing raus.
Ein Rotgemusterter.
Blutströme.
Vor einem Haufen Fische schnurrte der Auktionär die schwierig auszusprechenden portugiesischen Zahlen rückwärts.
Einer im Hut brüllte:
– Chiou!
Stop!
Brüllen:

– Espadarte!
Brüllen:
– Peixe Agulha!
Brüllen:
– Toninha!
Der Tümmler.
Kreidebuchstaben. Kistenzeichen. Schuppen auf den Lippen.
Sänften. Messer. Waagen.
Gummiknüppel. Salz. Pistolen. Tschakkos.
– Agua Faz!
Die Fischer harkten den Strand zwischen jeder Auktion.
– Peixe Espada!
Keine fischförmigen Schreie – viereckige Schreie. Da! Ende!
– Roboço!
Die Fischer formten kleine Hügel, klopften die Seiten glatt, ehe sie die Fische darauf betteten.
– Cabação!
Die Fischer wuschen den toten Fischen den Sand ab, in Eimern, ehe die Toten auf den Sand gelegt wurden.
– Chicharro!
Muster aus Fischen.
– Tamboril!
In den Bauch schneiden.
– Salmonete!
Die Galle vermeiden.
– Linguado!
Seezunge.
Schwimmblase raus.
– Chaputa!
Magen auskratzen.
– Garupa!
Den Kopf mit einer Machete teilen.
– Tramelga!
Seim leckte aus jedem halben Mund.
– Peixão!
Milchern und Rogen.
– Sardinha!

Haufen Sardinen.
– Carapão!
Die Auktionäre tippten den Fischern an die Fingerspitzen.
– Enchova!
Anchovis?
In die Kisten zum Eis.
– Choco!
Violett. Rosa. Der Tintenfisch.
Choco, ein Lampenschirm mit einem Auge.
Hecheln.
– Lula!
Der kleine Tintenfisch.
– Polvo!
Der Riesentintenfisch.
Der Aufseher notierte.
– Eiroz!
– Joãoquinzinho!
– Robalo!
Runde, blaue, flache Steine.
– Cação!
Der jappte nicht mehr.
– Raia!
Rochen.
Das Babygesicht sieht Alain Delon an – nach dem Mord.
– Chupa!
Die Leiche verhakt sich im Drahtseil und wird zum Schluß mit dem Boot an Land gezogen.
An allen Ecken und Enden einschneiden, mit Holzstäben spreizen, zum Dörren aufhängen an der gekalkten Wand.
– Pargo!
– Parguette!
Wels häuten bei lebendigem Leib.
– Pampos!
– Busso!
– Cavala!
Wie das Pferd.
Makrelen.

– Pragado!
Die Krüppel holten sich am Rande der beleuchteten Zone ihren beschädigten Fisch.
– Tintureira!
Die Färberin.
– Peixe Pisse!
Ohrfeige.
Rotz und Wasser.
Pissen.
– Caralho!
Jäcki dachte, es sei ein Fisch.
– Peixe Casamento!
Die Fischer hielten sich den Fisch an den Schlitz.
– Cu!
– Fode-se!
– Burreilho!
– Massacote!
– Annequim!
– Tubarão!
Hai.
– Der tut nichts mehr!
– Morena!
Muräne.
– Safio!
– Peixe Galo!
– Corvina!
– Platen schrieb portugiesische Tagebücher.

4.
Morgens korrigierte Jäcki zwischen Frühstücksgeschirr – Irma brauchte noch einen hochempfindlichen Film aus der anderen Tasche, die tausend fischfressenden Hunde Cezimbras bellten, das Zimmermädchen klopfte schon – das Manuskript des Waisenhauses; nachmittags nahm er die Suche nach der verlorenen Zeit mit ins Freie.

Jäcki ging auf den Berg zu.
Er konnte dem Berg nicht entkommen.
Heute hatte das Meer Quallen hervorgeworfen.
Bläuliche Götterspeise lag in Wellenlinien am Strand, mit schrillen roten Fäden.
Jäcki wich aus.
Er fürchtete, sich den Fuß zu verbrennen.
– A pescosa Cezimbra, schrieb Camões in den Lusiadas.
– Fischreicher damals. Heute beginnen die Sardinen vor Europa zu fliehen.
– Ein Adjektiv fischreich, und das soll nichts weiter bedeuten als fischreich.
– Ein solches Adjektiv wage ich das ganze Waisenhaus über nicht mehr.
– Etwas Rhythmisches – kurz lang kurz oder unbetont betont unbetont. Kretikos oder so; davon brauche ich nichts zu verstehen. Rhythmen kann ich besser.
Kutschen kamen mit der Fähre über den Tejo.
Ritter kauften in Cezimbra Rotbarsch.
Die Kardinäle kletterten mit flatternden violetten Capes in den Felsen herum.
– Was soll ich schreiben, wenn ich mit dem Waisenhaus fertig bin?
– Ein andres Stück Kindheit?
– Die Welt der Schrebergärten, die sich bis an den Horizont dehnt, Leyhäuser, Bombenteppiche auf Hamburg, also nicht die bekannten von 43, sondern die mit Sprengbomben auf die einzelnen Stadtteile 44?
– Die Rentner erfroren nachts in der schlechten Zeit?
– Schwulenmord in der Kolonie Maiglöckchen?
Jäcki las auf der umgestürzten Pyramide Auf der Suche nach der verlorenen Zeit.
Er bewunderte es sehr.
Und vergaß alles gleich wieder, was er gelesen hatte.
Es blieb ihm von dem Buch eher wie ein Geruch.
Jäcki konnte jederzeit in sich Prousts Zeit wiederfinden, aber nicht als Anekdoten, Bonmots, Abhandlungen, sondern als einen

Duft, der alles dies enthielt, Wörter, Namen, Orte – Virgin Islands, Fleurs de Rocaille, Soir de Paris, Je reviens.
– So werde ich nie schreiben können.
– Ich will gar nicht so schreiben.
Jäcki wollte jetzt endlich mit dem Artikel über die Palette anfangen.
Er hatte sich über einen hingehudelten Bericht in der Zeit geärgert und wollte zeigen, daß er etwas mehr über die deutschen Gammler und das Kellerlokal an der ABC-Straße schreiben konnte.
– La Marquise sortit à cinq heures.
– A pescosa Cezimbra.
– Adjektive?
– Aussagesätze?
– Momentaufnahmen?
– Kommentare?
Soziologisch eher, stellte Jäcki es sich vor.
– Keine Kommentare.
Und von außen.
– Nichts Nachempfundenes von Hochschulabsolventen mit Leihwagen.
Nicht: On the Road.
Jäcki wollte seinen Artikel gegen die ganze Beatnikliteratur setzen, die bei Hanser von Professor Höllerer herausgegeben wurde.
– Professor Ginsberg.
– Professor Ferlinguetti.
Die Fischnamen standen in Jäckis Kopf.
Igor, also Cäsar, Wilfried Hurter, Reimar Renaissancefürstchen, Trippersusi, Die Blume zu Saaron, Do you know Basel.
– Der Name ist.
– Nur der Name.
Lula, Bezugo, Caralho, Camões.
– Die Welt und die Welt.
Die Namen selbst.
– Das Palettenalphabet.
– Kann ich die Welt noch einmal buchstabieren?

– Gouraz Gouraz und Kominge Kominge.
Der Berg bebte nicht mehr.
Nichts bewegte sich auf dem Berg in der unheimlichen Mittagsstunde.
Die Angler hatten sich versteckt.
Wo Jäcki Augen vermutete, hingen Schatten an den Steinen.
Aus dem Wort pescosa stieg Vasco da Gama hervor, Charlus aus dem Duft nach Fleurs de Rocaille.
Charlus in einer verschnörkelten Tasse am Boulevard St. Germain.
Alle seine Freunde erkennen die gestreiften Hosen, unten:
Der Racker, er hat sich einen Tripper geholt und braucht deshalb so lange zum Pissen.
Charlus hat gar keinen Tripper.
– Natürlich überhaupt nicht ohne Stilisierungen, Feinheiten, Sprachkundliches, Wappen, auch Bergson und Synthesen.
Oder den anonymen Stil des Aleph?
Jäcki fühlte sich verlassen zwischen den Buchstaben der Welt, den Adjektiven, den Erklärungen der Wiedergefundenen Zeit, Joãoquinzinho, Wilfried Hurter, Reimar Renaissancefürstchen, Indien und Kaiser von Brasilien.
Es wurde so still.
Die Stille fing an mit den Sandalen zu klappern.
Jäcki drehte sich um.
Auch die Zikaden hielten inne.
Die Zikaden fingen wieder an.
Hinter Jäcki stand einer.
Rote Backen, Sonntagshose.
Jäcki wand sich.
Sie wußten beide Bescheid.
Nie hätte sich Jäcki einem jungen Mann entziehen können, der hinter ihm in den Felsen stand.
– Er steht da immer, mauliges Gesicht, mit Steifem, und reibt den Daumen am gebogenen Zeigefinger.
Jäcki sah die Kardinäle heraufflattern in ihren violetten Capes.
Ein kurzer Mann mit dostojewskischem Gesichtsausdruck stand in den Felsen.

Er drehte sein Geschlechtsteil wie einen Propeller.
Jäcki erkannte ihn wieder.
Der Mann mit dem dostojewskischen Gesichtsausdruck trug Touristen den Koffer.
Er schob das Boot durch die Brandungswellen und sprang nicht mit den anderen hinein.
Abends warfen sie ihm einen dicken Fisch zu.
Jäcki begriff, der Mann mit den gewaltigen Zügen war der Dorfdepp.
– Er hat den langen Dicken der Deppen.
Camões stolperte in einer Halskrause vorüber.
Er zwinkerte mit dem einen Auge.
Das andre Lid war festgewachsen über der leeren Höhle, die Wimpern unten auf dem Backenknochen.
Camões trug wieder das Manuskript zwischen den Zähnen, damit er die Hände freibehielt.
Er versuchte, sein Glied wie einen Propeller zu drehen.
– Große Dichter haben einen kleinen.
Einer kam mit Tangblatt.
Er schlug das Blatt auf den Sand und sang: Amori, Amori.
Jäcki hatte keine Lust.
Er wollte nicht erleben, wie Amori, Amori in der Felsenhöhle das Tangblatt wegwarf und anfing, den Daumen am Zeigefinger zu reiben.
Amori, Amori sprang weiter zwischen den Steinen herum und sang:
– Eu como tudo.
– Ich esse alles.
– Ich habe kein Geld, sagte Jäcki.
– Das macht nichts.
– Wann hast du damit angefangen?
– Im Straßenbau. Ein Kollege nahm mich beiseite. Er sagte: Iß!
– Vai comer.
– Er hatte einen schönen dicken Cu, Arsch.
– Olha o meu caralho!
– Sieh meinen Schwanz!
– E o senhor da?

– Der Herr gibt? fragte Jäcki.
– Tudo serve, antwortete Amori, Amori.
– Alles dient.
– Warum gibt Amori, Amori zu essen, dachte Jäcki:
– Die Fischer wollen nur essen. Nehmen.
Jäcki sah Heinrich den Seefahrer.
Jäcki sah Albuquerque, den Vizekönig von Indien.
Er sah Dom Sebastião, Philipp den Zweiten, die Königin Maria und den pompösen Marquez de Pombal schnurstracks mit Monstranzen, Geißeln, Enterhaken, Bajonetten, Schießgewehren, Puderdöschen über die Felsen balancieren.
Ein blonder Gote kam und ließ Jäcki die Muskeln bewundern.
Er zog Jäcki in die Spalte, wo donnerstags oder freitags die dicke Frau in ihren Tüchern lag, und ließ sich mit der Nase gegen den Lehm drehen.
– Athleten sind gutmütig. Sie haben es nicht nötig, auf ihrem Körper zu sitzen wie die anderen.
Ein Ritter in goldenem Panzer.
Er beugte sich im Schatten der Pyramide nach vorn und ließ den unteren Teil der Rüstung fallen, und der dreizehnjährige Bäckerjunge, Baskenmütze auf, lief herzu und legte sich über den Rükken des Ritters und stieß ihn ganz selbstverständlich.
Der Ritter bewegte vorn, unter dem Brustpanzer, den gerüsteten Arm schnell hin und her und holte sich, während der kleine Bäckerjunge ihn stieß, schnell vorne einen runter, daß es nur so klirrte.
– So geht das auch, dachte Jäcki:
– Kann man sich damit abfinden?
– Ich.
– So.
– Das nur.
– Comer.
– Tomar.
– Deixe comer.
– Dar.
– Das schreibt Camões nicht in seinem Loblied von dem fischreichen Cezimbra.

Ein greiser Prälat wurde vorbeigetragen.
Eine greise Amme saß mit ihm auf der Sänfte.
– Das Bett verläßt er nie mehr, sangen die Träger.
– Er ißt nicht.
– Er trinkt nicht.
– Die Amme gibt ihm die Brust, o Wunder! und stillt ihn.
Im Geröll spielten Musikanten auf Portativen.

5.
– Ich würde überhaupt nur weiße Eier fotografieren, sagte Jäcki:
– Vor einer Kalkwand.
– Oder Neger mit Säcken voller Eierbriketts nachts in einem Tunnel, sagte Irma.
– Das druckt der Stern dann in Farbe über zehn Doppelseiten.
– Du schreibst auch nicht nur über das Nichts. Du sitzt auf deiner umgekippten Pyramide und denkst dir was über die Palette aus. Und in Hamburg kannst du es dann noch einmal umarbeiten; du kannst es immer noch einmal korrigieren, ehe es bei Johnny Jahr oder Rororo in die Rotationsmaschinen geschmissen wird. Ich nicht.
– Du kannst das deine in Hamburg aufblasen, soften, Ausschnittvergrößerungen.
– Das Foto mach ich jetzt, hier. In vier Wochen muß ganz Cezimbra im Kasten sein. Ich habe keine Zeit für weiße Eier. Spiel nicht mit meinen Objektiven.
– Ich dachte mehr so als Versuch, sagte Jäcki:
– Zur Übung.
– Mit dem Weitwinkelsucher kannst du spielen. Ich übe nicht.
Der Weitwinkelsucher war ein Block aus Glas, mehrere geschliffene Schichten Glas, in duffes, schwarzes Metall gefaßt.
Er wurde auf das Gehäuse der Leica gesteckt, wenn der Fotograf, die Fotografin das Weitwinkelobjektiv in die Kamera geschraubt hatte.
Jäcki sah durch den Weitwinkelsucher.
Er war so groß wie der Glaskörper eines Augapfels und schwer, wie Jäcki sich einen Eiswürfel aus schwerem Wasser vorstellte.

Der Weitwinkelsucher erfaßte mehr als Jäckis Auge.
Das Hotelzimmer verwandelte sich in eine Opernbühne, wo Irma den Auszug der Fotografin vorführte.
Die Kleiderarie.
Die Triolen des Haarfestigers.
Koloraturen:
Welches Kopftuch?
Die Schuhe, die Sonnenbrille, die Arbeitsbrille.
Die Königin der Nacht.
Noch mal aufs Klo.
Eine Fotografin sucht den Belichtungsmesser.
Sextett der Bratschen.
– Welche Objektive nehm ich mit?
– Nimm sie doch alle mit.
Rezitativ.
– Dann wird die Tasche so schwer.
Pizzicato.
Der Skylightfilter.
Hast du schon zur Nacht gebetet, Desdemona?
Der Drahtauslöser, die Drahtauslöser.
Figaro! Figaro! Figaro!
– Versus' mir den Weitwinkelsucher nicht. Der kostet allein 250 Mark.
– Davon lebt eine Familie hier ein Vierteljahr.
Auf dem Weg wie immer das Gerangle um die Fototasche.
– Es ist mein Beruf, sagte Irma.
– Die Bauern reiten auf dem Esel zum Markt, sagte Jäcki:
– Und die Frau zu Fuß trägt das Gemüse hinterher.
Mit verdrehtem Ehrgeiz bemühte sich Jäcki, der korrektere Kavalier zu sein.
Er wartete die ersten Fotos ab.
Dann ließ Irma widerstandslos den Riemen von der Schulter gleiten.
Jäcki war es nicht gewohnt, eine Kameratasche mit Objektiven und Ersatzfilmen durch die Hitze zu tragen.
Er schwitzte mehr als Irma.
Er meinte, die Fotografin könnte doch nun bald mal den richti-

gen Standpunkt gefunden haben und dann draufgedrückt und fertig!
– Eine Fotografin ist jemand, der das Foto nicht macht, weil er immer das falsche Objektiv drin hat, sagte Jäcki.
– Du bist zu schnell, sagte Irma:
– Es geht nicht so schnell.
– Warum immer alles dreimal, mit drei verschiedenen Blenden? Ich kann auch nicht drei verschiedene Sätze anbieten.
Jäcki äußerte es nicht.
Jäcki hatte sofort den abgerissenen Fischer drin, der Tomaten aus dem Abfalleimer sammelte.
– Irma hüpft um den Elenden herum wie ein Ibis um die Kuh, die ihn ernährt.
Jäcki schätzte augenblicklich den Standpunkt ein.
Er schwieg den Standpunkt.
Er wußte, in drei Minuten würde Irma sich genau darauf hingearbeitet haben. Jäcki beobachtete, wie der Mann mit dem dicken Goldring auf dem Thronsessel zu schwitzen begann, als Irma ihn einkreiste; der Mann versuchte vergeblich mit den kleinen Lackschuhen zu zucken, die der Schuhputzerjunge festhielt, vollspuckte und blankwichste.
– Ich würde überhaupt nur Anschwemmsel aufnehmen. Jeden Tag sind es andre. Einen Tag schwarze Rocheneier. Einen Tag Broschen, Augen, Därme, Grünes. Die ganze Kunstgeschichte und die ganze Schöpfung. Heute waren es Küken. Der ganze Strand lag voller Küken. Vielleicht ist ein griechischer Frachter unter panamesischer Flagge gestrandet.
– Ich will keine schwarzen Eier fotografieren und auch keine toten Küken, sondern etwas Bewegtes.
– Anschwemmsel sind auch etwas Bewegtes.
– Aber das sieht man nicht auf dem Foto. Menschen.
– Die sind auf den Fotos steif wie Tote.
– Nein. Vielleicht leben die Augen?
– Auch die Augen werden auf einem Abzug zu einem Stück Papier. Oder nicht? Ich sage überhaupt nichts mehr. Du fotografierst ja doch nicht, was ich dir sage. Eier.
– Eier. Das sind so die Ideen eines Schriftstellers, der einen Foto-

grafen beschreibt. Ich schreibe dir auch nicht vor, wie du deine Palette zu dichten hast.
– Ich dichte keine Palette. Ich schreibe einen Zeitungsartikel.
Jäcki setzte den Weitwinkelsucher ans Auge.
In ein Bild von der Ausdehnung einer Erinnerungsbriefmarke kippte jetzt alles herein:
Der Lavahügel, die Spitzel, das Hotel, die Fische in Mustern, mit allen ihren Namen, die Flotte, der Schuhputzerthron, die schwarzen flatternden Tücher, die Spalten des Kliffs und Phyllis Smith und hinten in der Mitte sogar noch ganz scharf die Werften, die Betonkuben des Hotelneubaus, die Schiffsruine, der Depp mit seinem Fisch.
– Da hast du jetzt alles auf einen Dudd. Ohne syntaktische Schwierigkeiten und ohne Spondeus und ohne Adjektive und V-Effekt. Cezimbra wie es ist. Ganz. Klick. Fertig. Die ganze Geschichte in einer tausendstel Sekunde. Die Welt als reines Bild. Das ist die wahre Kunst. Nichts weiter mehr als ein Apparat.
– Dann könnte ich ja alle meine Objekte ins Wasser schmeißen.
– Das kannst du auch. Eine Kamera soll in einem Augenblick ein scharfes Bild herstellen. Es ist Kunst, weil es überhaupt keine Kunst ist, weil es immer in jedem Augenblick Kunst ist. Meine Wörter – die kannst du vergessen.
– Du bist eben kein Fotograf. Eine Maschine kann kein künstlerisches Foto herstellen.
– Die Kamera ist eine Maschine.
– Derer ich mich bediene.
– Die du bedienst. Der große Weitwinkel, das ist die Lösung.
– Ich könnte es dir beweisen. Das ist eine Laienansicht. Wenn ich in Cezimbra eine Dunkelkammer hätte.
– Siehst du.
– Was heißt: Siehst du?
– Du bist von der Dunkelkammer abhängig.
– Deine Fischer, dein Berg, deine Spalte, verloren, wie Brösel in einem großen beliebigen Salat. Nur wenn ich in diesem Augenblick dies eine Tele nehme, wird es ein Foto. Ich löse mir das Foto raus.

– Es ist schon vorbei, weil du das falsche Objektiv in der Kamera hattest. Rauslösen kannst du es auch in Hamburg.
– Eben nicht. Ich mache das Foto, wenn ich es mache. Was soll ich mit den ganzen Abständen. Mit dem Tele klebe ich das Schiff an den Berg, den Deppen an das Schiff und den Fisch an den Deppen.
– Das glaub ich nicht.
– Das ist mein Cezimbra. Wie ich es sehe. Das kannst du mir glauben.
– Mit dem Tele. Das heißt ja dann doch wieder Auffassung, Verwandlung. Synthese. Proust. Die eleganten Flocken von Professor Höllerers Frau, Frau von Mangold. Die Kunst ist die Welt. Nicht: Die Welt ist gleich das Bild, ist gleich dem Bild. Ausschnitte, das kann ich auch. Ranholen. Ich werde nie Fotograf. Aber das stimmt doch wohl: In einer tausendstel Sekunde ist die ganze Geschichte fertig. Klick! Blitz! Knips!
– Ganz Cezimbra erst einmal auf kleinen Rollen in Blechdöschen. Knips!
Dann der Augenblick, wo Jäcki Irma nicht mehr anstieß.
Irma ihm gleich das kleine Tele herüberreichte und er ohne zu zögern den kleinen Weitwinkel herausgab.
Irmas Auge starr, wie der Glaskörper des Weitwinkelsuchers.
Metallrosetten zucken auf, schließen sich genau nach dem Bruchteil einer Sekunde.
Die drei weißen Nonnen vor der gekalkten Wand mit silbrigen Schellfischen auf dem Kopf waren schon vorüber.

6.
Jäcki setzte sich im Dunkeln auf die Kaimaier.
Macht Gottes, übersetzte er vom Bauch eines Schiffes herunter.
Poder de Deus.
Das war leicht.
Vou com Deus.
Ich gehe mit Gott.
Die Sonne gehört uns.
Grausam, mein Schicksal.

Sag nichts.
Mein Traum.
Meine Söhne.
Die Lustige Witwe.
Der Sohn des Schicksals.
Der kleine Heilige Martin des Hafens.
Die kleine Schäferin.
Flor da Falsidade.
Hieß das: Blüte der Falschheit?
Geliebte Feindin, schrieb Camões.
Cara minha Inimiga.
Göttin des Meeres.
Gute Freunde.
Auf weißem Feld. Von bunten Leisten gerahmt. Blau. Teerschwarz. Gelb. Rot.
Kleine Verzierungen. Ein Fisch. Eine Sonne.
Immer wieder das ägyptische Auge, das minoische Auge.
Luz dos meus Olhos.
Über die Namen, die Titel, die Abmachungen der Fischer hinaus – sie riefen nach vielen Gesten, aus Ärger und zur Bestätigung, Cu und Caralho, Arsch und Schwanz – es gab eine zweite Welt aus halben Blicken, verschlagenen Gesichtsausdrücken, Doppelsinn.
Jäckis Gänge durch das nächtliche Cezimbra wurden eingefangen von einem Netz aus Kopfbewegungen, Blinzeln, Tönen, die er keinem Wort zuordnen konnte, Bemerkungen, die Jäcki nicht übersetzen konnte, selbst wenn er die Vokabeln beherrschte:
– Ich gehe Schokolade trinken.
Jäcki zog durch ein Cezimbra aus Gerüchen.
Rauch. Salz. Eis. Pisse. Milchern.
Die Gerüche lagen wie eine zweite Flotte in der Luft.
Ein Schiff nur aus Teer.
Ruder aus Fleurs de Rocaille.
Wo das Licht der Eisfabrik und der Laster nicht hindrang, dicht an der Mauer, zwischen den Booten, die ans Hotel gelehnt wurden, erschienen Fischer.
Sie waren unter den Blicken der Kollegen weggetaucht und zischten Jäcki an.

Ein junger Mann, der Jäcki so schön vorkam, daß er sofort bereit war, das ganze Leben mit ihm zu verbringen, und dem Tode schon anheimgegeben, riß Jäcki zwischen zwei Boote, drückte ihn auf die Knie, zog die Turnhose herunter und stieß ihm den Schwanz in den Mund.
Es war schon vorbei.
Wieder der Teer.
Auch die Haut roch nach Teer.
Kein Wort. Nicht der Name, nicht das Alter, kein Bruder, keine Adresse.
Im Mund der Schluck Mandeln und Soda.
Der junge Mann zog seine Turnhose wieder hoch und spähte zwischen den Booten hervor, ob ihn niemand bespitzelte.
Nichts wie weg.
Jäcki ging auf den Berg zu.
Es war Freitag.
Die Frau lag in ihrer Spalte im Kliff.
Die Schlange der Fischer rückte vor.
Ein einzelner Mann überholte Jäcki und wartete.
Es war ein alter Mann.
– Von der übertriebenen Fleischlichkeit alter Fischer.
– Wie zitiert.
Der alte Mann gab Jäcki die Hand.
Er kitzelte Jäckis Handteller mit einem dicken schrundigen Finger.
Der Mann umschlang Jäcki und drängte ihn zum Berg.
Die Hand glitt an Jäckis Rücken herunter.
Jäcki fühlte, wie sie bei jedem Schritt auf und nieder zuckte.
Der Alte erkletterte die Pyramide und zog Jäcki hinauf.
Der Mann führte Jäckis Hand an den Schlitz, und in der Dunkelheit schien es Jäcki – seiner Hand wuchsen Augen –, als stünde dort ein Espadarte hoch, ein Robalo, ein Negerdödel, eine Aubergine, eine Eierfrucht.
Auch der Alte roch nach Teer.
Er zog Jäcki die Hose herunter und tastete Jäcki mit schorfigen Händen zwischen die Beine nach hinten.
– Chotjewitz nennt es das Bärenauge.

– Hier sagen sie: Olho do Cu.
Es war ein neues Gefühl.
An den zitternden Fingern des Alten bildete sich für Jäcki oben, hinter den Augen, im Kino des Kopfes, Breitwand, der eigene Körper ab, die rundgebogenen Muskeln, die Knochen, die Schrunden, die zartere Haut plötzlich, die schon dem Innern zugehört, den Organen, den Drüsen, die den alten Mann durchdrehn ließ.
Er begann zu wimmern und benetzte Jäckis Finger.
Der Fischer holte etwas Sand herauf und rieb den Schwanz damit ab.
Der alte Mann kletterte wie ein Krebs davon und löste sich auf zwischen den Zonen der Gerüche und der Dunkelheiten.
– Es hätte auch anders ausgehen können, dachte Jäcki, und eine neue Furcht spannte ihm das Zwerchfell.
Jäcki hatte kein schlechtes Gewissen.
Jäcki sagte sich:
– Ich habe kein schlechtes Gewissen.
Er ging nicht besonders leise ins Bett.
Irma machte ihm Platz neben sich in ihrem Traum.
Sie erwachte erst, als Jäcki mit dem zu spielen begann, für was er in sich keine andre Vokabel hervorblättern konnte als Brustwarzen.
Irma roch das Salz, den Teer, der sich in seinem Bart und auf seiner Haut niedergeschlagen hatte.
– Das ist das Paradies, dachte Jäcki:
– Einmal mit einem Fischer und einmal mit Irma. Oder einmal mit einem Fischer und einmal mit Irma und noch einmal mit einem Fischer. Oder. Warum zählen?
Jäcki küßte Irma selten.
Die Fischer küßten Jäcki nie.

7.

Irma und Jäcki räumten jedes Hotelzimmer um, in Finnland, in Frankreich, in Dänemark; sie versuchten es auch im Hotel Espadarte.

Irma sagte:
– Mit ein paar Kleinigkeiten könnte man . .
– Also wenn ich ein Hotel hätte . .
Jäcki erwiderte:
– Dein Hotel wäre schnell pleite. Außerdem willst du kein Hotel besitzen. Du willst Hotels fotografieren.
– Ich will keine Hotels fotografieren. Aber wirklich, in diesem Zimmer – mit nichts könnte man wie im Paradies leben. Stell es dir vor, es ist doch einigermaßen geschnitten, nur weißgekalkt, ohne Rauhputz, Fliesen statt des entsetzlichen Belages, den sie jetzt überall haben. Alle Pilze und Schuppen von Millionen Touristen auf der Welt setzen sich darin fest.
– Man braucht nicht viel, sagte Jäcki:
– Einen Kamin oder nur einen Holzkohlenofen, wie in einem Schafstall, einen Kessel, eine Pfanne, ein paar romanische Blumentöpfe mit Kräutern.
– Warst du schon einmal in der Markthalle und hast dir die Gemüse angesehen? Es gibt nicht nur Fische in Cezimbra. Es gibt Hammel, es gibt Schweine, es gibt Lämmer, Hasen, Zicklein. Man könnte ganze Rinderviertel rösten. Und die Gemüse und die Früchte. Möhren, die aussehen, als würden sie noch nach Möhren schmecken. Kleine, häßliche Äpfel, aber die schmecken, alle Sorten, wie in meiner Kindheit, sagte Irma:
– Äpfel für Mus, Äpfel zum Braten, Winteräpfel und Karden und Artischocken und Feigen und Kastanien und Auberginen und acht Sorten Oliven und Granatäpfel und Kirschen.
– Kleine wilde Kirschen wie in der Provence; ich habe sie gesehen.
– Und Brombeeren und die Weine.
– Auf der anderen Seite bauen sie ein Luxushotel.
– Phyllis Smith sagt, heute nacht ist zum ersten Mal in Cezimbra eingebrochen worden.
– Wer ist Phyllis Smith?
– Eine Dame aus Manchester, die in der Hauptstraße einen Andenkenshop aufmacht. Bis jetzt schliefen die Leute hier, ohne abzuschließen. Es sollen Spanier gewesen sein. Alles Böse in Portugal kommt aus Spanien, sagt Phyllis Smith. Bald haben die Touri-

sten es hier versaut, und die Portugiesen müssen anfangen, selbst auf Reisen zu gehen.
– Das dauert noch ein bißchen. Salazar läßt sie nicht raus und die Touristen läßt er auch nicht gerne rein.
– Überall hängt Salazars Bild.
– Auch in der Markthalle?
– Sogar über den Kartoffeln.
– 1926 bis 1964 Glück und Fortschritt Salazar. Ein Mittelding zwischen Fußpflege und Therese von Konnersreuth.
– Sag das nicht so laut.
– Warum?
– Die Fußpflege hat große Ohren.
– Die sprechen kein Deutsch.
– Doch.
– Schrecklich, der enge Mund.
– Schrecklich, Salazars schöne Augen.
– Dann gibt es am Kliff Appartementhäuser.
– Und ein Bronzedenkmal für die Fischer und eine Halle für die Fische.
– Und Kentucky-Fried-Chicken.
– Bald sind auch hier die Filetsteaks zu dick, und die Kellner sagen: Thank you! wenn sie dir die Gabel hinlegen.
– Das dauert noch ein bißchen.
– Die Kinder rufen: Morni! Morni! und man weiß nicht – soll es Geld heißen oder Guten Morgen.

Jäcki versuchte, dem Berg zu entkommen.
Er wechselte zur anderen Seite hinüber – vom Fischmarkt den Felseninseln zu, den Werften.
Hunderte von Bauarbeitern waren dabei, die Erde aufzukratzen und verkrustete Bretter zu Säulen zu nageln.
Rostige Stäbe wurden hineingesteckt, der Beton zu Kuben gegossen, Kuben, die der Schüler eines Le-Corbusier-Schülers den Kuben der Fischerstadt nachempfunden hatte.
Zwei Männer sägten einen Baum durch.
Sie hatten den Stamm, rotes Holz, dick wie ein Stier, schräg mit einem Gerüst hochgestützt; der eine saß auf dem Baum, der andre kniete darunter.

Sie sägten von oben nach unten.
Jäcki entdeckte, daß sie mit roter Kreide parallele Striche auf den Stamm gezeichnet hatten.
Sie sägten Bretter für die Werften.
Vor der Mole knatterten kubische weiße Zelte im atlantischen Wind.
Mit Zipfeldächern.
Die Herbstgäste aus Lissabon hatten sie bei den Fischerbuden gemietet.
Ein kleiner blauer gestickter Mond im Leinen.
Die Werften – lodernde Töpfe, spöttische Rufe der Schiffszimmerleute.
Ein junger Mann, nur mit einer zerrissenen Badehose bekleidet, betrachtete eine Krake.
Mit aller Wucht des Ekels schleuderte er die Krake auf die Felsen.
Jäcki schien diese Bewegung alt, wie die Krake alt, alt wie die Felsen.
Der junge Mann zertrümmerte mit einem Stein die Knorpelplatten der Fangarme.
Ein Zimmermann kam Jäcki nach und winkte ihn in eine Höhle.
An der Gürtelschnalle trug er einen silbrigen Löwenkopf.
– Beatgeneration in Salazars Reich, dachte Jäcki.
– Mamma, sagte der Schiffszimmermann und öffnete die Jeans.
– Mamma.
Jäcki begriff, daß es nicht die Mutter bedeutete.
– Mama.
Auch nicht die Brust.
– Mamari.
– Es heißt säugen.
Jäcki hatte keine Lust, auf den Knien herumzurutschen, zu flehen:
– Dreh dich um.
– Laß mich deinen Arsch bewundern.
– Ich will, sagte Jäcki.
– Nie, der Schiffszimmermann, und faßte an den Löwenkopf.
Er wollte Jäckie auf den Bauch werfen.
Sie rangen.

Jäcki drehte den jungen Mann um und riß ihm die Jeans herunter.
– Das kostet mehr, schrie der Schiffszimmermann.
– Ach, was, sagte Jäcki.
Jäcki wunderte sich, daß an dem harten Körper zwei solche milden Kugeln wuchsen, in deren schattige Mitte er jetzt hineinstieß.
Als Jäcki die Werft verließ, winkte der Schiffszimmermann ihm hoch oben von den Gräten eines halbfertigen Bootes zu.
– Es ist kein Spott.
– Er geniert sich nicht.
– Das gibt es auch.
– Jetzt hat er es seiner ganzen Kompagnie angezeigt.

Jäcki schätzte den Fischer, der am Fort vorbeiging, auf Vierzig.
– Er sieht älter aus.
– Sie altern hier schnell.
Der Fischer kam Jäcki entgegen.
Er bewegte nicht einmal den Kopf.
Nur ein Blick:
Rein in den Ginster!
Jäcki folgte dem Blick.
Der Fischer kam auf Umwegen nach und bettete sich mit Jäcki in eine Mulde.
Er drehte Jäcki mit einer Hand um.
Der Fischer biß ihm in den Nacken und sagte zärtlich am Ohr:
– Dinheiro.
Der Fischer rieb den gewaltigen Daumen am langen gebogenen Zeigefinger.
– Mensch, ich gehe hier nicht einkaufen. Ich gehe spazieren!
Jäcki drehte sich auf den Rücken.
– Und der Fischer stand auf, klopfte sich Blätter und Erde von den Knieen, und weg war er, kannst du das verstehen, fragte Jäcki.
– Ich muß ja nicht alles verstehen, sagte Irma.
– Das ist ein Vorwurf.
– Nein. Ich kann nicht verstehen, daß man dafür Geld will. Ich

kann nicht verstehen, daß man von einem zum anderen wechselt.
– Und Jean und Enio – übern Hotelflur?
– Das ist was andres; das war eine Ausnahme.
– Bei den Normalen ist es was andres und eine Ausnahme. Würdest du nicht, wenn dir Herr Lübbe 1000 Mark bietet?
– Nein. Und du?
– Nein.
– Woher weißt du das?
– Weil er mir 1000 Mark geboten hat.
– Herr Lübbe?
– Nein, nicht Herr Lübbe.
– 1000 Mark.
– Nicht 1000 Mark – mehr. Und für 10 000 Mark?
– Nein.
– Und für 100 000 Mark?
– Nein, sagte Irma.
– Und für eine Million? Also wirklich?
– Und du?
– Nein. Nicht aus moralischen Erwägungen nicht. Umsonst vielleicht. Wenn er so auf die traurige, einsame. Ich würde auch für 10 Millionen nichts tun, was ich nicht tun will. Das heißt – für 10 Millionen? Und du – für eine Million?
– Einmal?
– Mit Herrn Lübbe.
– Also ich glaube für eine Million. Nicht wegen des Geldes. Man würde es ja wahrscheinlich deshalb mit einem machen, weil er bereit ist, so viel Geld für einen hinzulegen.
– Das hängt davon ab, wieviel es ihm bedeutet.

Es gab in Cezimbra so etwas wie eine Jeunesse Dorée.
Die Väter besaßen Sommerhäuser mit Swimming Pool.
Junge Männer, die in Schlips und Sakko mit Schulbüchern auf der Terrasse des Hotels Espadarte saßen und Französisch zu sprechen versuchten, wenn Irma und Jäcki vorübergingen.
Einen davon verfolgte Jäcki, ohne daß er sich ihm zu nähern wagte.

Er sah aus, wie Jäcki sich Heinrich den Seefahrer vorstellte.
Heinrich der Seefahrer wurde von den Kameraden für häßlich gehalten.
Er hatte noch nicht bemerkt, daß die Mädchen in Cezimbra und einige Angestellte der Banken und der Kurzwarenhandlungen von seiner Häßlichkeit zu träumen begannen.
In melancholischen Nebeln ging Heinrich der Seefahrer an Jäcki vorbei.
Jäcki sah ihm nicht in die Augen.
– Bon Jour, sagte Jäcki.
Heinrich der Seefahrer antwortete selbstverständlich nicht.
Erst fünf Schritte weiter sprang er herum, Standbein, Spielbein, und trällerte sein mittelalterliches Bon Jour, lächelte, drehte sich weg und schritt weiter aus.
Jäcki stieg ihm nach.
Er verließ das Fort, Phyllis Smith' Andenkenshop, den Fischmarkt, stieg hoch, vom Berg weg, von den Werften und erkletterte die Welt der Zahnärzte, der Rechtsanwälte, der Ministerialdirigenten und der Grundstücksmakler.
Hier lagen keine Blätter im Gras.
An den Büschen hingen keine vertrockneten Blüten.
Die Zikaden sangen leiser.
Heinrich der Seefahrer kürzte über ein Distelfeld ab.
Er sah sich um.
Das Goldkettchen blitzte an seinem Schlüsselbein.
Das Gesicht, in dem sich vier Welten spiegelten, verzerrte sich zu einer kleinen Fratze.
Er rannte auf Jäcki zu.
Heinrich der Seefahrer sagte:
– In Portugal wird gefoltert.
– Die Cafés sind voller Spitzel.
– Die Schuhputzer sind Polizeispitzel.
– Man läßt die Gefangenen nicht schlafen.
– In Caxias werden die Zellen überflutet.
– Ich weiß, sagte Jäcki.
– Ich will Lehrer werden. Ich bekomme nur einen Platz, wenn ich dem Regime eine Loyalitätserklärung unterschreibe.

– Jeder von uns wird überwacht.
– Vor den großen Ferien werden wir entlassen, und keiner weiß, ob er im Herbst wieder eingestellt wird.
– In Portugal gibt es keine Todesstrafe.
– Wir sind zum Leben verurteilt.
– Ein Freund von mir wurde verhaftet.
– Ich sah ihn in der Morgue wieder.
– Er hatte einen blutigen Höcker auf dem Kopf.
– Sie kennen mich nicht, sagte Jäcki:
– Warum erzählen Sie mir das alles?
– Wir haben Vertrauen zu den Fremden.
– Ich kann es nicht mehr hören: Salazarbrücke, kaum begonnen, schon Salazarbrücke. Salazarstraße. Salazar. Symbol. Salazar. Salazar.
– Steigen Sie mir nicht länger nach!

Phyllis Smith benahm sich, wie man es nicht von einer Engländerin erwarten sollte.
Sie ging einfach auf Jäcki und Irma zu und sagte:
– Ist es nicht herrlich, wie wir vorankommen? Die Fassade ist schon gestrichen. –
Im Fenster des Andenkenshops standen die ersten Ölbilder.
Eine lavierte Zigeunerin und ein gespachtelter Fischer mit Pfeife.
– Die Fischer sind begeistert. Sie drücken sich den ganzen Tag die Nase platt und bewundern unsere Kunstwerke. Auch die Schoner fangen an einzutrudeln. Die Frauen werden nach Kilogramm verarbeiteter Wolle bezahlt. Wir wollen ihnen schon noch Geschmack beibringen. Ich suche die Farben aus, sagte Phyllis Smith:
– Wissen Sie, wie es hier noch vor ein paar Jahren war, als wir anfingen, uns niederzulassen? Die Fischer kamen auf Sie zu und gähnten Ihnen ins Gesicht und fächelten vorm offenen Mund mit der Hand hin und her. Das sollte Hunger heißen. –
Phyllis Smith spaltete ihr gepudertes Gesicht.
Man konnte jede Goldplombe sehen, die belegte Zunge und das Gaumensegel.

Phyllis Smith bewegte schnell ihre Hand davor auf und ab, als hätte sie sich an einem Happen Steak verbrannt.
– Übrigens übermorgen geben wir eine kleine House-Warming Party; vielleicht paßt es Ihnen gegen fünf.

8.

Nach Lissabon hinüber.
Endlich hatte Jäcki die Courage dazu, nachdem er sich wochenlang hinter Felsen, Anschwemmseln, Werften, hinter Fischnamen, hinter Waisenhaus und Auf der Suche nach der verlorenen Zeit versteckt hatte.
Irma wollte schon lange.
Lissabon!
Da!
Eine halbe Stunde mit dem Bus, mit der Fähre übersetzen – und nicht hin?
Jäcki kam schon mit Cezimbra nicht zurecht.
Er hatte in der künstlichen Vereinzelung der Reise Angst vor der verfallenden Weltstadt und Angst vor der Geschichte.
Alleine wollte Irma nicht übersetzen.
Endlich nach Lissabon hinüber!
Dann gab es kein Halten mehr.
Immer wieder nach Lissabon hinüber!
Oft noch am Nachmittag.
Oft sogar noch nach dem Abendessen.
Da wurde es schwierig mit der Rückfahrt, und man mußte von Cacilhas ein Taxi nehmen.

Von der Küste weg, den Berg hoch, eine Windmühle, die mahlte, Olivenwälder, geschundene Korkeichen, Feigengebüsch – hier endete der unfruchtbare Hauch des Meeres.
Dicke Stiere, Lämmer, Kohl.
Eiserne Kräne, die Radarschirme der Kriegsschiffe kündeten den Fluß an, den Tejo, das Strohmeer, Mar de Palha, nannten es die Portugiesen.
– Woher kommt eine solche Idee?

– Von den Phöniziern?
– Vom Roten Meer?
– Von den Ägyptern, den kurzen Lusitanern?
– Ausgestopfte Strohpuppen werden angeschwemmt.
Singer näht besser!
Über der Anlegestelle schwebte eine Nähmaschine aus Neonröhren.
– Lissabon, dachte Jäcki:
– Ist die Stadt jenseits – wie alle Städte der Toten.
– Man muß einen brackigen schwarzen Fluß überqueren, voller Ölornamente.
– Die Wellen schwappen zu kurz, wie auf alten Stichen.
Bauern, Werftarbeiter, Angler, Käfige, Kürbisse, Hühner, Ersatzteile.
Alle Männer hatten einen kühnen Ausdruck um den Mund.
Allen Frauen flatterten die schwarzen Tücher um die herabgedrückten Brüste.
Die Schuhputzer waren alle blaß und hatten alle schwarze Hände.
Nur rein in den eisernen, dümpelnden, unter der plötzlichen Belastung schiefhängenden Kahn.
Als Jäcki aufsah, fuhren sie schon.
Der Praça do Comercio – das schiefgekaute Gebiß der Königin Maria.
Autolose Straßenzüge Hügel hoch.
Ockerne Graus und violette Tupfer.
Die römischen Ziegel.
Irma und Jäcki landeten an einem Platz voller schrillblau blühender Bäume.
– Sie denken, dieser lange Herbst sei schon der neue Frühling.
An jeder Tür des Bahnhofsgebäudes vom Quais do Sodré standen Individuen und Polizisten und warteten.
Irma und Jäcki bummelten am Ufer des Tejo entlang.
Frauen und Kinder durchstocherten den Schlamm, der zur Zeit der Ebbe entblößt lag.
– Was suchen sie?
– Würmer?
– Muscheln?

– Josue de Castro berichtet es aus Brasilien. In seinem Buch über den Hunger.
– Das las ich beim Abbé Pierre.
Irma und Jäcki hatten sich viel vorgenommen.
Sie wollten ganz Lissabon besichtigen und Geschenke kaufen.
Vor allem wollten sie für Dulu den Katalog des Paläontologischen Museums erwerben, das Thomas Mann so plastisch dargestellt hatte, wo Felix Krull von Professor Kukuck über Flossen und Federkleid unterwiesen worden war, wenn Jäcki sich richtig erinnerte.
Der Polizist auf dem Rossio kannte das Paläontologische Museum nicht.
Das Hotel am Eingang der Restauradores, neben dem Bahnhof mit den überlebensgroßen Jugendstilspiegeln, die beide großen Plätze wie die Sonnenbrille eines Ungeheuers spiegelten, hätte wohl das Hotel Thomas Manns sein können.
Es büßte ein halbes Jahrhundert nach der ersten Beschreibung an silbrigem Glanz ein.
Das war die Avenida da Liberdade des alten Zauberers.
Viel weniger Kutschen.
Dafür Hunderte von Matrosen in Weiß.
Zigeunerinnen, die schluchzende Nachtigallen in niedlichen Käfigen anboten, und viele kleine Mädchen, die den Soldaten an den Schlitz sahen.
Ein Matrose verhandelte mit einer Zigeunerin um eine Nachtigall.
Sie händigte ihm das Bauer aus.
Der Matrose schlenderte die Liberdade hinab und schwenkte den entsetzlich zwitschernden Vogel.
Die Zigeunerin steckte das Geld in den Busen.
Sie beugte sich hinunter.
Sie öffnete ein Vogelbauer und ließ für die eine verkaufte eine andre Nachtigall fliegen.
Treppen. Schiefe Ebenen. Straßen in zwei Etagen. Bars unter Rampen. Straßenbahnen knabberten sich auf riesigen Keilen die steilen Hügel hinauf. Höhlen. Eine Frau häufte tausend gehäutete Frösche in einen Bottich.

Die Versuchung des Heiligen Antonius im Museu de Arte Antiga.
Die Rückseite kakaobraun, Spinnweben in der weißen Tusche Boschs.
Und das Tafelbild von Nuno Gonçalves.
Alle Fischer und Kurzwarenhändler und Bankangestellten von Cezimbra als Könige, Entdecker, Kirchenfürsten verkleidet, im Goldenen Jahrhundert, mit golddurchwirkten Baretten, starrem Brokat, Bäffchen und Beinlingen.
Müde traten Jäcki und Irma von der Straße mit den vielen etwas zu kurzen Granden, die viel zu hastig liefen, in eine Kirche.
Als die Betäubung der Augen nachließ und sie gebeizte Beichtstühle erwarteten, erwachten sie in einem ausgebrannten Schiff.
Dübel hielten die marmorverkleideten Wände, gewaltige rostige Klammern.
Das Große Erdbeben hatte Lehm durch die rosa Kanneluren geschleudert und Baldachine und Ballustraden entzündet.
Irma schrieb sich einige Architekten aus dem Branchenverzeichnis.
Sie wollte den modernsten Swimming Pool Europas für Schöner Wohnen fotografieren.
Sie fragte den Architekten am Telefon nach dem Paläontologischen Museum.
Er konnte alle Palazzi Lissabons hersagen, das Paläontologische Museum kannte er nicht.
Jäcki entließ Irma in die besseren Kreise.
Er stand nun frei neben Kamelien und Rosen, altmodischen, übervollen.
Was sollte er jetzt tun?
Heinz A. Steffen hatte von den Schwulen erzählt, die von den Polizisten mit Fahrradketten und Rinderpeitschen aus dem Gebüsch getrieben wurden.
– Wo ist der Eingang zur Unterwelt.
– Auch Salazars Lissabon hat einen Eingang zur Unterwelt.
– Ich weiß nicht, woran ich das erkenn.
– Aber ich erkenn es.
– Ich weiß:
– Hier!

Es gab für Lissabon keine Liste mit Hotels, Bars, Cinemas, Outside Cruising, Facilities, at your own risk, die er, wie der Mann mit Schlapphut aus Hannover, aus Hamburg mitbringen konnte, um sie, eins nach dem andern, abzuklappern, abzuhaken.
Jäcki stand richtig – unter der schattenlosen Mittagshitze, schräg gegenüber von Thomas Manns Nobelabsteige.
Ein eiliger, ganz in Schwarz gekleideter Herr, mit Goldzwicker, stieg ein halbrundes Treppchen hinunter, sackte in die Fliesen des Rossioplatzes ein.
Ehe der Kopf des kurzen Herrn unter dem Pflaster verschwand, sah er durch den Zwicker zu Jäcki hinüber.
Jäcki folgte.
– Cavalheiros.
– Ritter.
– Schwefel.
– Und Nierchen.
In den Rieselfeldern hielten Rechtsanwälte, Zahnärzte, Matrosen, Grundstücksmakler, Architekten, Gebrauchsgrafiker, Medizinstudenten, Mitglieder der Streitkräfte zu Lande, zu Wasser und in der Luft, das Afrikakorps gewaltige Rokokolustknüppelchen, Oymel, wie es in der Palette hieß, einander vor.
An der Marmorrinne war kaum Platz zu kriegen.
Der Herr mit dem goldenen Zwicker sah wieder zu Jäcki hinüber und schüttelte dazu einen für einen untersetzten Herrn viel zu großen Kleinen Mann.
Und Jäcki, um unauffällig eine Konversation zu beginnen, fragte den Herrn mit dem goldenen Zwicker nach dem Paläontologischen Museum.
Der Herr führte Jäcki an der stilisierten Figur des einäugigen Dichters Luis de Camões vorbei, an dem realistischen Romancier Eça de Queiroz, einem Herrn in weißem Marmor, dem eine nackte Exhibitionistin, aus weißem Marmor, vor der Feuerwache, einen Strauß mit Suppengrün und Lorbeer überreichte.
Geschrubbte Holzstiegen hoch.
Der Besitzer hatte gewechselt.
Eine käsige alte Frau verweigerte die Stunde Unterkunft.
– Nichts da hier mehr.

Etwas anderes wußte der Herr auch nicht.
Das Paläontologische Museum kannte er nicht.
Ein Neger.
Vorortbahn bis Estoril.
Umberto von Italien.
Über die Autobahnen des Volksparks sirrten die deutschen Motorräder der Polizei.
Radarohren.
Radaraugen.
Leere.
Deutsche Schäferhunde.
Der Rossiobahnhof hat drei Stockwerke.
Oben die lange Mauer.
Die Mauer längs Matrosen.
Eine Tür, hinter der eine Tür, dahinter drei Türen.
In der Mittagspause lag ein Konditor mit Mütze vor einem Feldwebel auf den Knien.
Zeitungspapier.
Kot.
Am Quais do Sodré spielten die Bahnhofspolizisten mit den Strichern Räuber und Gendarm.
Der Markt. Verfallene Lagerhallen. Samenhandlungen. Kordeln. English-Bars und Leder.
Hier kamen alle Personen des Symbolisten Fernando Pessoa in abgetragenen schwarzen Anzügen vorüber, und sein Freund, der Lyriker, Sá Carneiro, kaufte Kerzen und Krebse für ein Mitternachtsmahl.
Sá Carneiro schon im Frack.
Er sah zwischen den Messern einer Waffenhandlung auf die kleine perlmutterbesetzte Damenpistole.
Irma und Jäcki hatten sich spät zum Mittagessen verabredet.
Zu spät für die kleinen Restaurants unten im Geschäftsviertel, wo Kraken, Schweineschnauzen, Zitronen und Milchreis in geeisten Schaufenstern standen.
Die wurden schon leergeräumt.
Irma erzählte, während sie suchten, von den Plänen des Architekten mit dem modernsten Swimming Pool der Welt.

Die ganze Region zwischen Cezimbra und Setubal sollte erschlossen werden!
Feriensiedlungen!
Satellitenstädte!
Hochhäuser!
Sozialer Wohnungsbau!
Clubs!
Casinos!
Einkaufszentren!
Altenwohnheime!
Ferienparks!
Swimming Pools!
Jetzt mußte man kaufen!
Wenn erst einmal die Brücke fertig wäre, dann stiegen Grund und Boden ins Unerschwingliche.
Wenn nur die Entwicklung nicht so verzögert würde.
Wodurch?
Wodurch wohl!
Aber es käme einmal eine Zeit danach!
Irma und Jäcki gingen am Theater der Königin Maria vorüber.
In einem Schaufenster lagen zwischen blanken Kieselsteinen Miesmuscheln und, blütenartig, violette und rote Hummer.
Das Fenster war so schmal, so dezent, gleich vorbei, daß Jäcki und Irma gar nicht auf die Idee kamen, diese Dekoration von japanischer Strenge könnte zum Essen auffordern und dem Kabinett der portugiesischen Regierung das Gefühl erlesener Appetitlichkeit vermitteln.
Als nächstes eine ganze Fassade voller Büstenhalter.
Büstenhalter in allen Größen, Farben, Materialien, spitzerne Hohlformen für eine Welt aus Brüsten, Brustwarzen, Ammen, Mamma, Muttis, Mütter – die ganze Demi-Monde der Straße zu den Pforten des Heiligen Antonius hätte sich daran klammern können. Ein Büstenhalter an den anderen geknüpft, zu einem Netz, für Titten, wie schon die Griechen es nannten, und für Mamari.
Rechts und links Fischrestaurants.
Wie die Büstenhalter eben waren hier Krebse und Krabben zu-

sammengebunden und hingen als kämpfendes Gitterwerk hinter der Scheibe.
Wagenladungen von Meeresfrüchten, verwarzte Muscheln, Schalentiere wie Lämmerhufe, pelzige Seeigel – ein Überfluß an Hummern, Austern, Garnelen, ein leichtverderbliches Zuviel, mit Zicklein, denen, statt des Kopfes, ein blutiges, crèpeverziertes Gewürge hervordrang, starren Hasen, gehenkten Hammeln, angestaunt von schwarzverhüllten Frauen und minderjährigen Mädchen.
Irma und Jäcki gingen an den Jugendstilfassaden der Juweliergeschäfte, an abblätternden Kaiserkronen vorbei, hoch zum Chiado.
Hier sollte es fein sein.
Etwas zu fein.
Etwas zu dicker Jugendstil.
Zu gedrungene Lilien von Bourbon an den Entrées der Kaufhäuser.
Nur die Lettern waren gelungen.
Auf schwarzem Marmor unvergleichlich viel zu lange L's und N's, verächtliche Seraphe, wie sie nur eine Provinzavantgarde zu setzen weiß.
Zwischen fliedrigen Affichen, hinter Glas gemalt, entdeckte Jäkki das Feinkostgeschäft Ferrari.
Sie traten ein.
Dicke Kunden ließen das Kuchenpapier aufs Parkett fallen, ins Sägemehl.
Im Hintergrund ein Eßsaal.
Manuelinisches Rokoko.
Die Elefantenrüssel des Entdeckerzeitalters mit dem Schnickschnack der Belle Epoque Eiffels.
Und Spiegel.
Das Lokal wurde in schweren Goldrahmen durch zwei Spiegelwände verdreifacht.
Rustikale Stühle. Damasttischdecken und Servietten.
Kein Tourist.
Jäcki und Irma waren so exotisch selbstverständlich in dieses feinste der Lissaboner Mittagsrestaurants geschlendert, daß den

piquierten Kellnern nichts andres einfiel, als sie mit der gleichen Familiennégligence zu behandeln wie den geschminkten Staatsschauspieler am Nebentisch, der durchgedreht war und portugiesischen Champagner trank.
Jäcki bestellte wieder Sopa Alentejana.
Irma war mittags der Knoblauch zu viel.
Sie nahm mit Ei überbackenen Stockfisch à Minhota.
Nach Art des Minho.
– Wo liegt das Minho?
Und Jäcki Rinhões – Nierchen.
– Das kann ich nicht essen, sagte Irma:
– Ich habe das Gefühl, ich beiße in eine Toilette.
– Stört es dich, wenn ich es esse?
– Nein.
Sie tranken grünen Wein – weißen grünen Wein.
Der Schauspieler erhob sich.
Der Garçon geleitete ihn an den Fingerspitzen bis zur Theke mit den gelben Kuchen.
Die Crème der Metropole traf schon ein zum Tee.
Schwarz.
Nicht flatternd.
Gebauschte Seide.
Lippen – Striche.
Schuppender Lippenstift.
Erbsengroße Diamanten auf elefantenhautumhüllten Knochen.
Kinder Tonnen.
Herren, denen sich der gebückte Rücken in den Hinterkopf wölbte.
– Kein Nuno Gonçalves mehr, sagte Irma.
– Auch Goya reicht nicht, sagte Jäcki:
– Wunderlich!
Jäcki wusch sich die Hände in dem Raum, der hier nicht Ritter hieß, sondern Lavatorio.
Das Wasser stürzte aus einem breiten Speier.
– Das Wasser eines regelmäßig bebauten Bauernlandes, dachte Jäcki.
Im Café Brasileiro tranken sie den winzigen, bitteren Café.

– Was mag Brasilien für ein Land sein?
– Dies hier ist ein Intellektuellencafé.
Byzantinische Dichter.
Alexandriner.
– Alle so große Köpfe – wie Transvestiten ohne Perücke.
– Sie rollen mit den Augen und plustern die Backen.
Und über allen hing das Foto des trickreichen Heiligen mit den mystischen Augen und dem unerbittlichen, wehleidigen Mund.
– Ich will jetzt im Fort fotografieren, sagte Irma.
– Wo treffen wir uns zum Abendessen?
– Ich kann noch gar nicht wieder ans Essen denken.
Bei dem guten Essen hier?
– Am Rossio?
– Kann ich da allein mit der Kamera warten?
– In einer Diktatur verlegt die Polizei die Verbrechen in die Gefängniszellen.
Übrigens wußte auch der Garçon des Café Brasileiro nichts von einem Paläontologischen Museum.
Jäcki ging in den Botanischen Garten.
Zwischen den Königspalmen stolzierte ein Neger in Uniform.
Er war auf Heimaturlaub.
– Er genießt die Kühle unter den verpflanzten Pflanzen.
– Er befriedet seine Verwandten für die Metropole.
– Daß die Königspalmen in Lissabon in Frieden anwachsen können.
Im Park Eduardo VII versuchte die Armee durch Präsentieren des Gewehrs das Geld für Kinobilletts einzutreiben.
Und als Jäcki sich mit einem weißen Matrosen hinter Oleander geäugelt hatte, kam ein spitzer Greis und rief:
– Polícia!
Und versuchte mit zitternder Hand Jäcki zu sistieren und rief noch einmal:
– Polícia!
Jäcki wollte auf kein Kommissariat gebracht werden und seine Unterhose nach Samen und Kotspuren untersuchen lassen.
– Fahrradketten, Bierflaschen, Scherben.
Er wollte nicht ausgewiesen werden mit einem Stempel im Paß.

Er wollte nach Portugal zurückkehren.
Und Jäcki schlug dem spitzen Greis die Hand weg und rannte weg.
Es kam ihm vor, als hätte er den Greis Gandhi niedergeschlagen.
Hügel hinunter.
Durch den Verkehr der Avenida da Republica.
Jäcki riskierte nicht, überfahren zu werden.
Er war der Geheimen Staatspolizei entronnen.

Jäcki und Irma sahen ins Avis hinein.
Blaue alte Kacheln und zerschlissene gallefarbene Seiden.
– Wo es so geschmackvoll aussieht, kann man nicht auch noch gut essen.
Der Portier wollte sie gar nicht wieder hinauslassen.
Im Tavarez Rico, im Reichen Tavarez, auch dort das Zweite Rokoko ein wenig zu kompakt, das Gelb etwas zu gelb, viel zu viel Gold, saßen schon die Amerikaner und sagten deutlich:
– I feel.
Und:
– Dollar!
– Per Cent!
Es gab ein großes Filetsteak.
Nachts warteten hungrige Fischer, Lehrer, Soldaten, Matrosen am Quais do Sodré auf ein Abendbrot mit hungrigen Grundstücksmaklern, Zahnärzten, Fadosängern und Ministerialdirigenten.
Vor dem mittelalterlichen Haus, der Touristenattraktion, die Quadern der Front als Pyramiden beschlagen, lud ein Lastwagenfahrer einen Transvestiten in die Koje.
Die Soldaten auf dem Fort kannten das Paläontologische Museum nicht.
Die Soldaten schlossen für Jäcki noch einmal das Tor auf, und er begleitete sie, hoch über der Stadt, von Kanone zu Kanone.
Ein Matrose ging mit Jäcki durch das Geschäftsviertel.
Mitternacht.
An jeder Ecke zeigte der Matrose auf den Wachtposten:
– Das ist die Hafenpolizei.

Und:
– Das ist die Polícia Internacional e da Defesa do Estado.
Und:
– Das ist die Politische Polizei.
– PIDE.
An wichtigen Kreuzungen in Galauniform.
Vor den Banken.
Hartgummiknüppel.
Holzknüppel.
Einige trugen Säbel.
Andre Pistolen.
Manche zu Pferde.
Der Matrose war viel zu weiß in den leeren Straßen.
Vor den vielen Polizisten.
Die Augen der wenigen Spanner, Zahnärzte, die Augen der Spitzel blieben an seiner Uniform kleben.
Jäcki und der Matrose fanden keinen geheimen Ort.
Der Marquez de Pombal hatte Lissabon nach dem Großen Erdbeben so aufbauen lassen, daß es keine Verstecke für die Liebenden mehr gab.
Auch der Matrose hatte nichts von einem Paläontologischen Museum gehört.
Dulu würde den Katalog wohl nie bekommen.

Irma hatte alte Frauen am Fort fotografiert.
Sie saßen in schwarze Tücher gehüllt und erzählten Geschichten auf Lissabon hinab.
Weiße Pfauen klirrten an ihnen vorüber.

9.
Jäckis Exzesse hatten etwas Asketisches.
Seine Ausschweifungen waren Arbeitsgänge.
Zeile um Zeile.
Die Arbeit war ein Exzeß.
Da Jäcki jetzt frühstückte, wenn er früher schon mit dem Melken fertig war, entschloß er sich, das Frühstück als Arbeit zu deklarieren.

– Ein Schriftsteller arbeitet immer.
– Ein Schriftsteller frühstückt immer.
– Im Hinblick auf einen Roman.
Einmal würde Jäcki das Buch über die Schönheit des Mannes schreiben.
Mit großem D.
Über die Schönheit aller Männer der Welt.
Cezimbra hatte sich seit Camões kaum verändert.
Es gab noch kein Fernsehen.
Ein Hochhaus.
Das nannten die Fischer Wolkenkratzer.
Am Rande ein Versuch Salazars von Sozialem Wohnungsbau.
Und die noch feuchten Zellen des neuen Hotels, die stallartigen Unterkünfte für Zimmermädchen und Küchenpersonal.
Ein junger Mann sah Jäcki an.
– Welt adé, ich bin dein müde!
– Augen, die zu weit auf der Seite sitzen, wie die Augen am Bug der Fischerboote.
– Veilchenfarbene Locken, ein Bärtchen, Moschusduft.
– Welt adé, ich bin dein müde.
– Ach, alle Augen der Nacht.
– Cezimbra besteht im Dunkeln nur aus Augen.
– Pfeile.
– Netze!
Der junge Mann sah Jäcki an.
– Welt adé, ich bin dein müde, hörte Jäcki Rosenmüller in seinem Kopf trällern.
– Die Fischer von Cezimbra sind die schönsten Männer der Welt, und sie stehen jetzt vor mir, da.
– Kein Tisch der Sehnsucht.
Der junge Mann sah ihn immer noch an.
– Du hast sie alle.
– Ist das ein Leben?
– Von Buch zu Buch.
– Hamburg Der Aufbruch nach Turku.
– Cezimbra Das Waisenhaus.
– Wo?

– Was?
– Wie noch?
– Tokio vielleicht.
– Damit Peter E. was in die Rotationsmaschinen zu werfen hat.
– Von Foto zu Foto für Schöner Wohnen und Das Schönste und vielleicht einmal für den Spiegel und den Stern und Die Zeit.
– Tagsüber im Papier rascheln und nachts in den Büschen.
– Ist das ein Leben für Menschen, schreibt Platen.
– Die schönsten Männer der Welt.
– Wie hast du sie denn?
– Die Orgie.
– Die Freiheit.
– Die Schenkende Tugend.
– Taschengeld.
– Haushaltsgeld.
– Kissenschoner.
– Heinrich der Seefahrer würde es nicht einmal wagen, einen Café mit dir auf der Terrasse des Hotels Espadarte zu trinken.
– Mach dir nichts vor.
Der junge Mann sah Jäcki an.
Die Taschenlampe am Kliff blinkte.
Jäcki hatte genug von den Deppen in den Felsen, von Amori, Amoris in der Bahnhofstoilette, von den Räubern und den Gendarmen, von den Strammen, von den Schicken und den Dicken.
– Welt adé, ich bin dein müde.
– Rosenmüller war Thomaskantor und wurde deswegen rausgeschmissen und irrte in ganz Europa umher.
– Was Steinzeit.
– Heute ist Dienstag.

10.
Phyllis Smith sagte:
– Darf ich Ihnen meinen Sohn vorstellen?
– Heute ist doch unsere Einweihungsparty.
– Haben Sie das denn vergessen?
– Der Fischer wurde von uns in die anständige Hose gesteckt.

– Nun serviert er Sangria.
– Sangria ist zwar spanisch – aber das ist sowieso alles das gleiche.
Smith jr., ein rötlicher milchiger Mann, Mitte Zwanzig, erinnerte Jäcki an Arne Berensen; Arne in schlechtsitzendem Anzug, wie es sich für einen Gentleman gehört, und ohne jenes Flair von Tacitus.
Natürlich roch Smith jr. nicht nach Victor's oder Fleurs de Rocaille oder Virgin Islands, sondern nach Floris Water, nach Highland Garden, nach gepflegtem Heu.
Smith père dito.
– Ja, wir wollten uns schon zur Ruhe setzen.
– Einen modernen Maler haben wir jetzt übrigens auch.
– Ein Freund von – Sie wissen schon.
– Der Sohn eines der vier ausgedehntesten Güter des Landes.
– Ich wollte mich schon zur Ruhe setzen, sagte Smith père.
– Da hatten wir trouble mit dem hier, sagte Phyllis Smith und wuschelte ihrem Sohn durch die schütteren Haare.
– Wir entschlossen uns, noch einmal wieder ein bißchen Geschäfte zu machen und die Enkelkinder in Portugal großzuziehen.
– Schon wegen der besseren Luft.
– Demnächst eröffnen wir nebenan eine Piano-Bar.
– Wir vermieten schon wieder fünf Apartments im Auftrag portugiesischer Freunde.
– Eines übrigens auf eigene Rechnung.
– Smith ist dabei, Land zu erwerben und kleine Luxusreihenhäuser zu entwerfen.
– Swimming Pool.
– Club-House.
– Für Deutsche und Amerikaner, die sich hier zur Ruhe setzen wollen.
– Nicht für Amerikaner und Deutsche, fragte Jäcki.
– Hier in Portugal ganz sicher nicht.
– Etwas Exklusives.
– Die Fischer sind zufrieden; wenn man bedenkt, aus welcher Unordnung sie kamen.

– Hoffentlich geschieht der Übergang langsam genug.
– Wenn gefoltert wird, dann in Maßen.
– Das liegt im argen.
– Ein Landarzt zum Beispiel soll 50 Escudos pro Visite erhalten.
– Ein Viertel der Patienten bezahlt ihn nie.
– Ein Viertel bringt ihm gelegentlich einen Fisch.
– Ein Viertel versucht ihn zu bezahlen.
– Und ein Viertel bezahlt ihn wirklich.
– Das ist ja auch vernünftig.
– Die Leute erhalten einen Paß, wenn sie einen gewissen Bildungsstand erreicht haben.
– Das heißt, man hält die billigen Arbeitskräfte im Land.
– Aber sie gehen doch sowieso heimlich nach Deutschland.
– Über die Grüne Grenze oben.
– Pyrenäen.
– Bei den Intellektuellen herrschte auch die meiste Unruhe.
– Mir sind die einfachen Fischer am liebsten.
Es gab Fischsuppe.
Ein Fischerorchester spielte Cezimbra, Cezimbra.
Sie schrammelten auf Kuhhörnern und Wäscheruffeln, bliesen durch Kämme und klapperten mit Streichholzschachteln.
Die Gentlemen begannen zu Zigarren Wörter mit F zu benützen.
Phyllis Smith rief:
– Sie ist Fotografin!
– Ja, haben Sie denn schon meinen geheimen Garten geknipst?
– Er heißt Quinta da Bacalhoa, und ich spreche es mit einem entsetzlichen englischen Akzent aus.

Phyllis Smith' geheimer Garten war das Lustschloß des Vizekönigs von Indien Albuquerque.
Im Besitz einer Familie aus Boston.
Man durfte es besichtigen, wenn man sich an die Öffnungszeiten hielt.
– Ich glaube, es sind Korkeichen, sagte Jäcki und wies auf die dunkelgrünen, säuberlich bis zum Ansatz der Äste gehäuteten Bäume.
Die Quinta da Bacalhoa lag in einem Weiler verborgen.

Der Tankstellenjunge zeigte ihnen den Eingang.
Irma und Jäcki entdeckten die rüsseligen Ecktürmchen zwischen den Bäumen.
Man mußte an einem Draht ziehen.
Ein gedunsener Mann öffnete.
Er trug trotz der Hitze einen Filzhut.
Die Familie aus Boston verlangte einen Escudo Eintritt, fünfzehn Pfennige nach deutschem Geld.
Dafür erhielten sie zwei große, umständlich bedruckte Tickets.
Irma und Jäcki traten in einen weiten manuelinischen Vorhof, dessen Quadern und geharkte Sände wie bebten vom Gurren und vom Geklapper der weißen Tauben.
Leichte Rohrkäfige unter den zu breit gezogenen Colonnaden.
Zum Schlößchen gehörte ein Buchsbaumgarten à la Française, wie es sich für eine Industriellenfamilie aus Boston schickt und für den Vizekönig von Indien.
Daran, etwas tiefer gelegen, grenzte ein Orangenhain, unter dem hin, wegen des übermäßigen Herbstes, blutigrot Klatschmohn blühte.
Der Mann mit Filzhut begann eine Führung; doch ohne das übliche spastische Auftreten und ohne die Falsettarie aus Daten und verstorbenen Fürsten.
Er war der Gärtner.
Er führte sie in Nischen, überquellend von Moosen und Flechten.
Dort vermoderten die blauen Fliesenbänke.
Der Gärtner holte eine agavenartige Pflanze von der Mauer.
– Ich hänge sie an einen Bindfaden; sie ernährt sich nur von der Luft.
Fetthennengewächse in Renaissanceblumenkästen.
Jäcki haßte Fetthennengewächse – bei Tante Wilhelmine und Onkel Adolf neben der Naragheizung.
Hier gediehen sie zu einer zeremoniellen Üppigkeit.
Ein winziger silbriger Wald für Eidechsen, Einhörner und Gul.
Der Gärtner hatte zu den gelben und blauen Fliesenresten irdene Töpfe gestellt, einen romanischen Topfgarten, wie Jäcki es aus der Provence kannte, Wermut, Salbei, Basilikum, Blutblätter, Milagre de Saõ Joaquim.

Ein holunderartiger Strauch ließ übertrieben große, weiche, weiße, tödlich duftende Kelche zur Erde hängen.
Wenn Irma und Jäcki verharrten, wenn Irma ein Objektiv wechselte, brach der Gärtner einen Schößling ab, suchte im Laub einen Ableger, reichte Irma einen Blütenkelch, Jäcki ein Kräuterbüschel, als sei das Lob der Fremden eine Gefahr, die man durch eine äußerste Freundlichkeit abwenden mußte.
Irma wollte den Gärtner selbst fotografieren.
Sie zögerte.
Der blasse, etwas gedunsene Mann erzählte, wie schwierig es bald werden würde für den Garten und das Schloß und den Swimming Pool des Vizekönigs von Indien.
Die Lady aus Amerika sei betagt.
Die Kinder könnten nicht wirtschaften und dächten nur an Rennwagen.
Und wenn er selbst einmal nicht mehr sein sollte, sagte der Gärtner, seine Kinder hätten auch keine Lust, den ganzen Tag zu jäten und zu piquieren.
Sie wollten endlich auf die Ingenieursschule.
Jäcki nahm den Gärtner an der Hand wie zu einer Sarabande und stellte ihn in einen Halbkreis von Blumentöpfen voller Wermut.
Der Gärtner wollte den Hut abnehmen und sich kämmen.
– O nein! Der Filzhut ist schön.
Jäcki gab ihm eine dunkelblaue Kresse in die Hand, die der Gärtner, ganz selbstverständlich, geziert in die Höhe hielt.
Er sah starr und müde in Irmas Gesicht, aus dem ihm das Auge des Polyphem entgegenstarrte.
Die Rollei löste federnd aus.
Der Gärtner führte Jäcki und Irma zu den Loggien am Badebekken.
– Früher war es der Swimming Pool, heute wässere ich den Garten damit.
Kunstvoll gefügte Plafonds, abbröckelnde Fresken.
Das spiegelnde Wasser reflektierte lautlose Augenblicke auf dem durch die Jahrhunderte verwesenden Holz.
Jäcki sah sie hinuntersteigen ins lapislazulifarbene Wasser – wo sich die Ungeheuer der Fliesen brachen und die wulstigen ma-

nuelinischen Türmchen –, die Fischergestalten des Nuno Gonçalves, Heinrich den Seefahrer, Vasco da Gama, den Vizekönig selbst und den Kollegen Camões, vielleicht auch Cristobal Colón, den Gast aus Genua, in bauschenden, geschlitzten Badehosen, Slips aus Pardelfell und sehr viel Cu und Cul und Caralho.
Sie holen ihn raus, dick und braun, und waschen ihn spaddelnd, kitzelig in der Kühle des Bades.
Auch der Kardinal flattert wieder am Rand in der violetten Atlasseide.
Camões steigt tastend hinunter, rückblickend auf das Manuskript, das in der Loggia liegt.
Die Gespielinnen, das purpurne Tuch gebogenen Rückens vor die Brüste haltend, platschend, kichernd, die Entdecker schneiden würdige Gesichter, sie können alle nicht schwimmen, nur der Lyriker schwimmt systematisch die Runde, das eine Auge unter Tropfen aufgerissen.
Der Lautenspieler sieht nicht hin.
Er spielt die Kompositionen eines Malers, der in Blois ausstellt.
Die Portative kommen aus Spanien.
Tonos humanos der Cabezons.
Als sie sich abgetrocknet haben, bringen die Edelknaben Süßigkeiten in Silbertöpfen.
– Farbe und Form von Kaka.
– Das stimmt, dachte Jäcki:
– Ich habe es bei Gilberto Freyre gelesen.
– I, rufen die Kurtisanen.
– Aa, rufen die Entdecker.
Camões erklärt, daß Kaka aus dem Griechischen stammt.
– Er ist eben doch schon sehr gebildet, sagt die Vizekönigin.

Irma und Jäcki versuchten, von Phyllis Smith' geheimem Garten, Leica und Rollei über der Schulter, wegzuhiken.
Es war Mittag.
Nur wenige Autos kamen.
Und die hielten nicht.
Irma und Jäcki wanderten die Landstraße hinab.
Hinter der Gabelung, nicht weit vor Azeitão, entdeckten sie ein rostiges Schild:

Quinta das Torres.
Die Allee der portugiesischen Güter.
Sie traten ein.
Niemand.
Ein Wasserreservoir mit rußfarbenen Schwänen.
Sie fanden ein Herrenhaus, eine Rezeption, eine Ritterrüstung.
– Ein verstecktes Hotel.
– Ein Geheimtip.
– Ja, man kann essen.
– Aber es wird ein bißchen dauern.
Kühle Räume, wie in einem katholischen Waisenhaus.
Die beiden Schwestern, mit bleichen, vom Landleben verzerrten Gesichtern, deckten nur widerwillig einen Tisch draußen, neben dem Teich.
Die dunklen Schwäne sahen die Kristallgläser an.
– Phyllis Smith' geheimer Garten, sagte Jäcki:
– Der Swimmig Pool aus dem 15. Jahrhundert.
– Albuquerque, der Vizekönig von Indien.
– Vasco da Gama säumte seine Fahrten mit Alleen von Gepfählten.
– Er räucherte die Städte aus.
– Die um Rettung Schwimmenden wurden den Schiffsjungen überlassen.
– Harpunen und Enterhaken.
– Achthundert Gefangenen ließ Vasco da Gama Nasen, Ohren und Hände abhauen.
– Er belud ein Schiff mit den Verstümmelten, ein zweites Schiff mit Nasen, Ohren und Händen.
– Den Verstümmelten band er die Füße zusammen und schlug ihnen die Zähne ein, daß sie ihre Fesseln nicht durchbeißen konnten.
– Er ließ Matten über sie werfen und Öl darauf gießen und zündete das Schiff an.
– Das brennende und das mit den Ohren, den Nasen, den Händen trieben auf Indien zu.
– Ich habe es bei dem milden Reinhold Schneider gelesen.
Irma legte die Gabel weg.

Das abgehangene Fleisch, der Knoblauch, der schwarze Wein schienen Jäcki in der Mittagshitze die Galle zu stauen.
– Und Camões stichelte daraus seinen Lobgesang.
– Der Einäugige schwamm, das Manuskript der Lusiadas zwischen den Zähnen, durch das Mekong-Delta.
– Er rettete sich und den Gesang aus dem Schiffbruch.
– Das war damals.
– Aber heute.
– Was heute?
– In Povoa de Varzim.
– Gestern.
– Die Fischer erzählen es alle.
– Vielleicht kam es im Radio.
– Zwei Männer hatten jahrelang in Povoa de Varzim was miteinander.
– Eines Tages – vor einer Woche etwa – beobachtete der Onkel des Passivo, des Negativo, wie sie sagen, als der Activo und der Passivo es im Walde trieben.
– Im Städtchen, am Nachmittag, beim Markt nimmt der Onkel den Neffen, den Passivo, beiseite.
– Sechs Männer fesseln den jungen Mann.
– Er wird zum Aufblasen getragen.
– Das ist doch wahnsinnig komisch.
– Der junge Mann wird zum Aufblasen getragen, weil er schwul ist.
– Das ganze Dorf hinterher, João wird zum Aufblasen getragen, weil er Marica ist.
– Die beiden Nonnen, der Gärtner mit dem Filzhut, die Fischer, die Kurzwarenhändler und Heinrich der Seefahrer.
– Weil er passivo ist.
– João wird zum Aufblasen in die Tankstelle getragen, weil er Marica ist.
– Der Onkel steckt dem gefesselten João selbst den Preßluftschlauch hinten rein, und João wird aufgeblasen, weil er Marica ist, bis er verblutete.

11.

Wie waren sie hergekommen?

In Hamburg hatte man angefangen, die von den Besatzungsmächten subventionierten Fahrten nach England und Paris, in die USA und nach Moskau langweilig zu finden.

Professor Dr. Hanns Theodor Flemming wagte sich nach Djerba.

Professor Konrad Hansen gab ein Konzert in Japan.

Heinz A. Steffen hatte Portugal entdeckt.

Man erwartete noch nicht – wie die Lohnsteuerkarte – jedes Jahr die Prospekte der Touristikunternehmen, mit neuen Fernzielen und gesicherten Abenteuern, dem neuen Eos-Guide, Spartacus mit outside cruising in Teheran, facilities in Brasilien, house with boys in Kenia.

Man buchte individuell.

Und überlegte, ob man nach Lissabon mit dem Frachter fahren sollte.

Heinz A. Steffen telefonierte lange mit Irma, wegen der Hotels.

Er versuchte, die Telefongespräche auf Böll auszudehnen und auf Zarah.

Irma fand Zarah scheußlich, und das Irische Tagebuch hatte sie wieder weggelegt.

Mit Jäcki sprach Heinz A. über die beutelnden Hosen der Fischer, über den Dorfdeppen:

– Kurz vorm Hotel nachts muß man dann meistens schnell noch einmal umbuchen, sagte Heinz A. mit der tiefen, in vielen modernen Stücken und Schulfunksendungen erprobten Stimme.

Irma und Jäcki fuhren in Bremerhaven los.

Oldenburgisch-Portugiesische Dampfschiffahrtsgesellschaft.

Die Kabine roch nach Einlegesohlen.

Irma und Jäcki rissen eine präzise gezimmerte Lade nach der anderen auf.

Sie fanden keine Einlegesohlen.

Irma las die Entstehung des Doktor Faustus.

Jäcki las, wie der Baron de Charlus mit gestreiften Hosen in einer Tasse des Faubourg St. Germain steht.

Rotterdam.

Der größte Hafen der Welt.

Platschek hatte erzählt:
– Als ich nach Uruguay emigrierte, saßen die Mädchen von Rotterdam in Vitrinen.
– Wie in der Herbertstraße.
– Dunkle Vitrinen.
– Keine Lampen in den historistischen Häuschen.
– Sie saßen nackt, breitbeinig auf den Stühlen.
– In der Mitte zwischen ihren Fersen stand eine brennende Kerze und beleuchtete ihre Fut.
Jäcki verlor seine Handschuhe im Hafen von Rotterdam.
Odysseus gründete Lissabon.
Jäcki machte darüber ein Prosagedicht.
Er zog Ulysses Odysseus vor, obwohl er Joyce gar nicht mochte.
Anspielungen.
Jäcki schmiß das Prosagedicht über die Reling.
Jäcki las über die kurzen Lusitanier.
Über Zinn und Silber.
Über Phönizier, Minoer, Ägypter, Griechen, Römer, Araber.
Kaum von den Arabern befreit, zogen sie los, Halbaraber, immer an den Küsten längs, wie die Griechen, denn sie konnten noch nicht nach den Sternen rechnend segeln.
Oder so ähnlich.
Ein Neger.
Drei Neger.
Geschenke an den Hof und den Papst.
Enterhaken.
Pfähle und Teer.
Der Papst, die Päpste, vergaben ihnen in toto von vorneherein.
Pfeffer.
Der Seeweg nach Indien.
Da waren sie reich.
Timor.
Macão.
Cristobal Colón fragte an.
Emmanuel hielt das für Genueser Palaver.
Die Spanier rissen sich die Neue Welt unter den Nagel.
Der Papst teilte die Welt mehrere Male.

Ihnen gehörte noch immer alles unterhalb des Äquators.
Das Schwarze Gold.
Und das bißchen Brasilien.
Schneller!
Goldpänzerchen.
Auf edlen Pferden.
Der ganze Nachwuchs verschwand hinter Dom Sebastião her auf der Suche nach dem Reich des Königs Johannes.
Wo wehen die Knochen und die Amethyste zu?
Philipp kam über die Berge.
Kassierte.
In der Biscaya wurde Irma und Jäcki grüner.
Irma vermied die Table d'Hôte des Kapitäns.
Jäcki stellte sich lange vorn in den Wind.
Jäcki las weiter:
– Von den Unordnungen des Parlamentarismus.
Der Finanzminister, ein Dr. Salazar, bat sich Sondervollmachten aus.
Damit regierte er vierzig Jahre.
Er hielt sich aus dem Zweiten Weltkrieg.
Juden emigrierten nach Portugal.
Dr. Salazar kondolierte Großadmiral Dönitz zum Hinscheiden von Adolf Hitler.
Nationalsozialisten emigrierten nach Portugal.
Wieder Zinn.
Wieder Afrika.
Ein deutscher Emigrant in Stockholm schrieb ein Stück über Angola und Mosambik.
– Lesen Sie Portugiesisch, fragte Jäcki Peter Weiss auf der Tagung der Gruppe 47 in Sigtuna.
– Das tut nicht not, antwortete der jüdische Emigrant:
– Ich kann ja auch keine afrikanische Sprache.
– Natürlich nicht.

Irma und Jäcki erwachten in eine große Ruhe hinein.
Nicht mehr das Brechen der Wellenberge.
Am Bullauge wurde eine rote Küste vorbeigezogen.

Pinien.
Essotanks.
Und hoch oben die ersten mennigfarbenen Ideogramme einer eisernen Brücke über den Fluß.
Ja, das war wohl nun der Tejo.
Peter E. hatte Jäcki aus London ein hektographiertes Heft kommen lassen.
– 81 166 Bewohner von Mosambik sind in den Minen umgekommen.
Jäcki las vom zunehmenden Interesse an Penologie.
1964 wurde entschieden, mit Veröffentlichungen über die prisoners of conscience zu beginnen.
– Über 70 Länder auf der Erde, las Jäcki:
– Verschleiern, was in ihren Gefängnissen vorgeht.
– Wäre ein solcher Bericht doch über Deutschland veröffentlicht worden, nachdem die Nazis 1933 die Macht übernahmen, las Jäcki.
Da stand: doch.
Und: Nazis.
Jäcki empfand das als Stilfehler.
Er hätte das doch gestrichen.
Jäcki hätte nie Nazis geschrieben.
– Verachtung verniedlicht.
– PIDE.
– PSP.
– GNR.
Jäcki las:
– Ganz Portugal wird von der Geheimpolizei beherrscht.
Jäcki las:
– Der Präsident der Rechtsanwaltskammer war von den PIDE stundenlang in der Luft gehalten worden, ehe er landen durfte und in einem politischen Prozeß aussagen.
– Der Student Baeta Neves versuchte, nach einem Verhör durch die PIDE, Selbstmord zu begehen, und aß seine Brillengläser.
Jäcki las:
– Meine furchtbaren Erlebnisse begannen am 44. Tag.
– Sechs Tage erduldete ich die Statue.

– War ich eingeschlafen, wurde ich sofort aufgeweckt oder nach ein paar Minuten.
– Es gab eine Reihe von Wächtern, die nichts anderes taten, als die Gefangenen aus dem Schlaf zu reißen.
– Man stach mich mit Nadeln oder schüttelte mich, oder durch Geräusche, durch Klopfen oder Klappern.
– Zum Schluß weckte mich das leiseste Geräusch.
– Viele verlieren ganz den Verstand.
– Gouveia erzählte mir von Gefangenen, denen die Mutter Gottes von Fatima erschienen war.
Jäcki las:
– Ich erlitt 273 Tage lang die Statue.
Jäcki las:
– Der Mann in der nächsten Zelle brach zusammen.
– Er begann zu brüllen.
– Das Brüllen ging mehrere Stunden lang.
– Er sagte, daß er vier Monate in der Zelle war, ohne jemanden zu sehen.
– Er schrie, ohne aufzuhören, seinen Namen und seine Adresse.

Jäcki sah vom Frachter der Oldenburgisch-Portugiesischen Dampfschiffahrtsgesellschaft aus die Hafenarbeiter, die kühnen Gesichter.
Die Männer gingen etwas zu schnell.
Irma und Jäcki verließen die Kajüte, die nach Einlegesohlen roch.
Ihnen schlug ein Duft nach Fäulnis, Sand und Benzin ans Gesicht.
Am Quais do Sodré blühten Bäume blau, als sei es Frühling.
Jäcki saß in den Felsen und stellte sich einen Vulkanausbruch vor.
Er las Auf der Suche nach der verlorenen Zeit.
Jäcki beobachtete die Fischer am Kliff.
Er korrigierte Das Waisenhaus.
Er überlegte, ob er einen Artikel über das Gammlerlokal Die Palette für Die Zeit schreiben solle.
Jäcki kalkulierte die Wirkung von Fischnamen und Spitznamen aus der Palette für ein Buch über die Schönheit der Männer der Welt.

12.

Jäcki floh die Fischer.

Die Augen an jeder Ecke, die reibenden Daumen, die kitzelnden Mittelfinger, die beutelnden Hosen.

Er ging nach dem Abendessen in das Villenviertel hinauf.

Hier oben schien es nicht einmal Polizisten zu geben.

Hunde bellten sich über die Hügel zu.

Ein Hausmädchen stand neben der Sprechanlage des rauhverputzten Tores.

Als Jäcki an ihr vorüberging, hörte er, wie sie in den Schatten des Mauerwerks sprach.

Da verbarg sich der Lehrling vom Banco Espirito Santo.

Das Hausmädchen und der Lehrling wechselten sich ab.

Sie redeten vorsichtig, fast ohne Stimme, aufeinander ein.

Zwei junge Männer stiegen aus einer Mulde hoch.

Jetzt würde es wieder losgehn, dachte Jäcki.

Er sah sie nicht an.

Als sie vorüber waren, wendete er den Kopf, der eine junge Mann hatte sich auch umgesehen, und mit verdrehten Köpfen erkannten sie sich wieder.

Es war der von neulich, Welt adé, ich bin dein müde.

Jäcki ging bis an den Rand der erleuchteten Villenzone und kehrte um.

Auch die beiden jungen Männer hatten gewendet.

Sie kamen ihm schon wieder entgegen.

Sie kehrten zurück ins Dunkle, die Senke hinunter.

Jäcki hielt beim Hausmädchen inne.

Kein Lehrling vom Banco Espirito Santo mehr.

Jäcki stieg auch die Mulde hinunter.

Der Weg lag voller Steine.

Gemüsepflanzungen.

Kreidestücke.

Die beiden jungen Männer hatten sich unten auf einen Haufen Feldsteine gesetzt.

Jäcki sah sie etwas aushandeln.

Sie standen auf und schienen sich zu verabschieden.

Einer folgte Jäcki.

Der zweite ging hoch, weg, ins Dorf vielleicht.
– Zigarette?
– Die Portugiesen sagen Cigarro für Zigarette.
– Die Araber sagen nur Garro.
Dann das Wetter.
Ferien.
Ein Mißverständnis.
Jäcki konnte nicht herausbekommen, was der junge Mann meinte.
Der verstand nicht, daß Jäcki nicht verstanden hatte.
Es dauerte ziemlich lange.
Nationalität.
Und so weiter.
Heinz A. hatte losgetölt, daß er dies alles demnächst in den Weltsprachen auf ein Büttenkärtchen drucken lassen würde und auf jeder Reise bei sich führen und stumm zu Anfang gleich übergeben.
– Ich heiße Mario.
– Ich heiße Jakob Detlev.
– Ich bin Fischer.
Jäcki konnte verständlich sagen:
– Sou escritor.
– Achtzehn.
– Bald dreißig.
Jäcki machte sich lieber gleich etwas älter.
Mario ließ sich küssen.
– Mario küßt, dachte Jäcki.
Mit harten Lippen, schnäbelig, er steckte nur die Spitze der Zunge zwischen Jäckis Lippen.
Spät erst ließ Mario Jäckis Zunge zwischen den Zähnen hindurch.
– Marios Spucke schmeckt nach Eisen.
– Die ganze feuchte Üppe, dachte Jäcki:
– Hoffentlich verwandelt er sich jetzt nicht gleich in einen dicken Daumen, der an einem überlebensgroßen Zeigefinger reibt.
Jäcki wollte es nicht dazu kommen lassen und fragte:
– Brauchst du Geld?

Mario verstand erst nicht.
– Ja, doch, schon.
Sie durchquerten Hand in Hand die Mulde und stiegen zu den Villen hoch.
Kurz vor dem Hausmädchen, das neben der Sprechanlage wieder mit dem Lehrling vom Banco Espirito Santo lispelte, rissen Mario und Jäcki die Finger auseinander.
Der Lehrling und das Hausmädchen berührten sich nicht.
Sie hielten gemeinsam ein besticktes Taschentuch ins Mondlicht.
Das Meer eine Wand voller Leuchtsignale.
Oben blitzte etwas auf.
– Farol, sagte Mario.
Der Leuchtturm.
Jäcki sollte es nachsprechen.
– Farol, sagte Jäcki.
– Lua, sagte Mario und deutete auf die silberne Kugel, die hinter den Werften hochschwebte.
– Lua, sagte Jäcki.

Jäcki versuchte, den Fehler, wie es ihm vorkam, mit dem Geld, beim zweiten Mal wieder gut zu machen.
– Ich habe kein Geld mit, sagte Jäcki gleich zu Anfang.
Und als Mario nichts sagte, sagte Jäcki:
– Ich bringe es dir morgen.
Am folgenden Abend legte Jäcki nur einmal hundert auf den Steinhaufen.
Er hoffte, Mario würde ihm einmal Wahnsinn und Feuchtigkeit dazu legen.
– Und die hundert von gestern, fragte Mario innig.
Jetzt war alles durcheinander.
Jäcki wußte nicht, was er sagen sollte.
Sein Portugiesisch hätte gar nicht ausgereicht.
Jäcki legte schnell einen zweiten Hunderter dazu.
– Ich liebe dich, sagte Mario.
– Eu te quero.
– Das heißt: Ich will dich.
– Fährst du gerne zur See?

– O mar e muito triste.
– Trist!
– Tristi, sprach Mario es aus und lächelte dabei.
– Wenn man mit einem Fremden spricht, lächelt man.
Die Linien des Lächelns waren in Marios Gesicht wie etwas weniger gebräunte Züge vorgeprägt.
Zwei sehr helle I's.

Zur Begrüßung hebt man die Hand. Die Innenfläche dem Gesicht des Fremden zugekehrt, die Finger gespreizt.
Man bewegt die Hand leicht hin und her.
Zur Begrüßung faßt man dem Freund mit der Linken an den rechten Oberarm.
– Nichts! Aber auch gar nichts!
Man schnippt den Daumennagel von den oberen Schneidezähnen ab.
Um auszudrücken, daß man etwas sehr gerne mag, zwickt man mit Daumen und Zeigefinger ins rechte Ohrläppchen.
Phyllis Smith hatte das Zeichen für Hunger als Gähnen vorgeführt.

Mario ergriff Jäckis Hand und zog ihn in die Mulde hinunter.
Das Mondlicht lag auf den Steinen wie Zahnpasta.
Jäcki und Mario schlugen sich in das Feigenwäldchen.
– Zwischen seinem Körper und meinem Körper ist so etwas wie Gewöhnung entstanden.
– Das nennt man in feinsinnigen Romanen Vertrautheit.
– Ich erkenne die Locken in seinem Kreuz.
Die kleinen Hoden unter Marios übertriebenem Schwanz.
Jäcki wußte, daß Mario sich nach vorne beugen würde und ihm die beiden ungebräunten Kugeln anbieten, ohne Zappeln.
Jäcki kannte den Blitz der zarteren Haut, wie an der Innenseite der Lippen.
Jäcki würde Marios Schwanz in den Mund nehmen, bis die Kinnladen schmerzten, und erst sehr spät würde Mario zu wimmern beginnen, kurz, fern, ganz weit oben, wie durchs Telefon, als seien Marios Empfindungen von einer Membrane gedämpft.

Das Zucken.
Und bitterer Geschmack.
Sie hörten den Bauern nicht, der, nur ein paar Feigenblätter entfernt, auf einem Esel vorüberritt.
Die Kreidesteine hatten den Ton der Hufe geschluckt.
Zwei Kannen hingen am Hals des Esels.
– Die Abendmilch, die der Bauer vom Hof nach Cezimbra trägt.
Mario und Jäcki hielten den Atem an.
Die Kannen klirrten.
Der Bauer erzählte dem Esel eine Klatschgeschichte.

13.
Der Geschäftsführer ließ eine Fernsehtruhe kommen.
Deutsches Fabrikat.
Kurz vor dem Abendessen trugen zwei Fischer sie in den Dining Room.
Ein blauer Schimmer auf den gebräunten Gesichtern der Touristen, auf der Soupe du Jour und den Dosenerbsen.
Jäcki erinnerte das Blau an die Röntgenzimmer seiner Kindheit.
– Der Heilige soll sprechen.
– Er kennt die Eßgewohnheiten der Mittelschicht.
Jäcki hatte nicht nur das hektographierte Heftchen über Prison Conditions in Portugal mit, sondern auch eine offizielle, autorisierte Biographie.
Imprimatur:
– Eine sehr rührende Persönlichkeit, subtil, geheimnisvoll.
– Diese Disziplin der Handlungen, der Gefühle, der Stimme gar.
– Seine tiefe Bescheidenheit.
– Ein Philosoph.
– Ein Solon.
– Wie Platon.
– Papst Pius:
– Der Herr hat der portugiesischen Nation einen Staatschef gegeben, der nicht nur die Liebe seines Volkes und der Ärmsten zu gewinnen wußte, sondern auch den Respekt der Welt.

– Doktor Honoris Causa der Universität von Oxford.
– Ich, der Sohn der Felder.
– Aus Opfergeist komme ich nach Lissabon.
– Ich opfere jedes Privatleben.
– Gott wollte nicht, daß ich sterbe.
– Ich werde arbeiten.
– Es ist kein Zweifel, wir sind unzerstörbar, denn die Vorsehung hat es so gewollt.
– Ich genieße das allgemeine Vertrauen.
– Der kalte Ernst, der mir eigen ist.
– Wehe über die Völker, welche die Überlegenheit ihrer großen Männer nicht ertragen.
– Uns gehört die Stunde, noch immer und ewig.
– Wachsam und sofort zu einer Antwort bereit sind wir überall: In den Cafés, im öffentlichen Dienst, in den Zügen, auf den Feldern, in den Städten, auf den Plätzen, auf den Straßen, in den Büschen, auf den Toiletten, unter den Pflastersteinen, über den Kartoffeln, in der Sauce Hollandaise.
– Ich, der Sohn der Felder, erzogen im Murmeln der Bäche und im Schatten der Haine.
– Ich liebe die Kinder, die Blumen und die Quellen.
– Es nützt wenig, das Regime zu ändern, wenn man nicht anfängt, die Menschen zu ändern.
– Regieren, das heißt, die Menschen vor sich selbst schützen.
– Die Zensur trägt zur größten Würde der Intelligenz bei.
– Portugal als eine zivilisationstragende Nation ist nicht tot.
– Der Staat muß stark genug sein, damit er es nicht nötig hat, gewalttätig zu werden.
– Die Musik ist meiner Meinung nach eines der wichtigen Elemente zur Beseelung des Volkes.
– Ich habe mir gedacht, daß es nützlich wäre, die Militärkapellen, die teuer sind, aber gut, sonntags und donnerstags in Lissabon und in der Provinz spielen zu lassen.
– Wir werden versuchen, diejenigen, welche nicht auf unserer Seite arbeiten, so sanft wie möglich dazu zu bringen, uns nicht allzusehr zu behindern.
– Die Gewalttätigkeit ist bei uns nicht anwendbar.

– Sie paßt nicht zur Sanftheit unsrer Sitten.
– Nach 38 Jahren Glück und Fortschritt.
– Das höchste Symbol der portugiesischen Nation.
– Kann die Diktatur mit eurer Unterstützung rechnen?
– Es lebe die Marine!
– Es lebe die Armee!
– Es lebe die Diktatur!
Zur Suppe das Lob.
Zum Nachtisch die Gegner.
– Angegriffen hat man die Regierung wegen der Behandlung unserer politischen Gegner.
– Dies winzige unsägliche Häuflein.
– Das die geschichtliche Aufgabe der Befriedung Afrikas gefährden will.
– Das die Ruhe und die Einfachheit im Lande stört.
– Wenn die ein paar Schläge bekommen . .
Das bläuliche Gesicht begann zu zucken.
– War ich eingeschlafen, wurde ich sofort aufgeweckt oder nach ein paar Minuten.
– Der Mann in der nächsten Zelle brach zusammen.
– Er begann zu brüllen.
– Das Brüllen ging mehrere Stunden lang.
– Er sagte, daß er in der Zelle vier Monate war, ohne jemanden zu sehen.
– Er schrie ohne aufzuhören seinen Namen und seine Adresse.
– Ich heiße . .
– Ich wohne . .
– Ich heiße . .
– Ich wohne . .
– Ich heiße . .
Jäcki sah den bläulichen Mann, Stangen schoben sich durch das Gesicht, Würmer in den Augen.
– Was denkt so einer wirklich, dachte Jäcki.
– Warum schämen sich alle Staatschefs, die foltern lassen, daß sie foltern lassen?
– Was würde er tun, wenn er nackt mit dem nackten Mario im Feigenwäldchen läge?

Der blauschimmernde Mann begann sich in Zeilen und Schlieren aufzulösen, Geißeltierchen und Kreuze.
Dann stand er wieder deutlich und unbewegt zwischen dem kalten Buffet und der Götterspeise.
Nur ohne Ton.
Solon.
In dem harten Frauengesicht zeichneten sich schon die ersten Rinnen des Verfalls ab.
Solon. Solon.
Jäcki dachte:
– Kennedy mußte sich bei de Gaulle von Malraux belehren lassen: Wie können Sie ein Land regieren, ohne das Fernsehen zu kontrollieren?
– Der Spanienkämpfer Malraux kontrollierte für de Gaulle das Fernsehen der Liberté, Egalité, Fraternité.
– Und das wußte Solon.
– Daß niemand glücklich zu preisen ist, ehe nicht sein Nachruf im Fernsehen lief.
Jäcki sah den schon etwas zu krampfhaft offen gehaltenen Mund, die wässernden Unterlider, die vielen Warzen an der Schläfe, die violetten, überschminkten, im Fernsehen blauschwarz erscheinenden Lippen.
Der Heilige würde noch nach wochenlangem Koma die Schlüssel zu den Natobasen und die Codes der PIDE nicht aus den leberfleckigen Händen geben, und eine Ansammlung von Goyas, Dix', Bacons und Wunderlichs würden ihm noch im Halbschlaf anhangen.
Und wenn der Nachfolger, ein Dekan der ältesten Universität der Welt etwa, die Macht, das Fernsehen ganz will, allein will, wird er den Heiligen in ein teures antiquarisches Sofa setzen und Platon den Bildern ausliefern.
Flash.
Der wird von Schattenstaaten seibern vor den Millionen Augen der Nation, Afrika angeschlossen, Eurovision, Brasilien, die ganze Neue Welt, Befehle hauchend, die keiner dann mehr ausführt, Todesarten erfindend, die ihm niemand mehr vorstirbt, die Statue, kein Schlaf mehr, japsend nach den Fragen, stotternd in der Hitze, gedunsen vom Licht.

– Ich heiße . .
– Dr. h.c. Oliveira Salazar!

14.
– Fährst du auf einem großen Schiff?
– Auf einem kleinen.
– Drei Leute Besatzung.
– Mein Vater, der Onkel und ich.
– Hast du Geschwister?
– Eine Schwester und einen Bruder.
– Der war im Krieg, in Angola.
– Was verdienst du?
– Von dem, was reinkommt, kriegt die Steuer erst mal was.
– Von 10 000 Escudos kriegt die Steuer 2000.
– Und dann geht noch was ab für Nylon, für Sardinen und Diesel.
– Und was kriegst du?
– Meinen Anteil.
– Jeder hat seinen Anteil am Fang.
– Drei Teile also?
– Sechs.
– Drei für das Schiff.
– Das Schiff wird jedes Jahr gestrichen.
– Was kostet ein Boot?
– Ein kleines 3000 Escudos.
– Das ist billig. Ich kaufe mir eins. 450 Mark.
– Hier ist das nicht billig.
– Ein großes, für fünf Mann Besatzung mit Motor, 100 000 Escudos.
– Und ein ganz großes, mit einem Hüttchen drauf?
– 750 Contos.
– Im Winter bringt der Fisch nicht viel.
– Dann fahren wir nach Lissabon und verkaufen da.
– Was ich kriege, weiß ich nicht.
– Was ich kriege, gebe ich gleich am nächsten Tag aus.
– Zwanzig Escudos?
– Zwanzig Escudos ist kein Verdienst, das gibt der Vater mal so für Bier.

– Mal vierzig, mal dreihundert.
Den Tag über lernte Jäcki die Fragen auswendig, die er Mario abends stellen wollte.
– Werden die Jungen von den Vätern geschlagen?
– Ja.
– Mit dem Gürtel.
– Du auch?
– Ich nicht.
– Meine Schwester.
– Betrügen die Frauen die Männer, wenn die auf See sind?
– Ja.
– Fast alle.
– Zweimal hat ein Mann die Frau und den Liebhaber umgebracht.
– Katzentotschlagen nennt man das.
– Ein Mann, der von seiner Frau betrogen wird, heißt Ziegenbock, Cabrão.
– Aber wir sagen alle Cabrão zueinander.
– Oft macht der Mann auch gar nichts, wenn er seine Frau mit einem anderen findet, weil der Frau das Haus gehört.
– Glaubst du an das Wunder von Fatima?
– Das sind nur Lügen, um Geschäfte zu machen.
– Neulich fing meine Mutter am Telefon davon an.
– Ich wurde so wütend.
– Ich habe aufgehängt.
– Dabei war es ein Ferngespräch.
– Schlägt die Polizei?
– Nein.
– Geprügelt wird nicht mehr.
– In der Schule gibt es was.
– Als ich die Schule geschwänzt hatte, um baden zu gehen, kriegte ich fünfzig auf die Hände.
– Hinterher habe ich draufgepißt.
– Da tat es nicht mehr so weh.
– Der Rohrstock, dachte Jäcki:
– Das Waisenhaus.
– Ißt du gerne Kirschen?

Klaus Ostermann hatte Jäcki den schönen schillernden Bleistift geliehen, als die Großen Ferien begannen.
Er bekam ihn nie wieder.
Klaus Ostermann kam in den Großen Ferien um.
Es war Kirschenzeit.
Die Schattmorellen wurden im Feuersturm von den Bäumen gerissen.
– Ja, wir essen oft Kirschen.
– Jeder kriegt zwölf Stück.
– Man muß zweimal rülpsen.
– Nachmittags esse ich immer Brot und Käse.
– Ich trinke Wein dazu.
– Ich mag Wein so gerne.
– Wir kriegen jedes Jahr ein paar Kisten Orangen aus Palmela.
– Wir haben Verwandte in Palmela.

Mario zeichnete eine Straße in den Sand.
Er fuhr mit einer Muschel darauf hin und her.
Er füllte die Muschel voll Steinchen und kippte sie wieder aus.
Mario stellte Muscheln in eine Reihe und manövrierte mit einer größeren um die anderen herum.
– Fischerboote?
– Ja.
– Weißt du, daß Kraken sehr gefährlich sind?
– Sie stecken ihre Arme in die Nasen der Fischer, und dann kann man nicht mehr atmen.
– Die Kraken setzen sich in der Nase des Wals fest.
– Der Wal fängt an, im Kreise zu schwimmen und zu taumeln und kommt an die Oberfläche und stirbt.
– Schwimmen können wir alle nicht.

– Gestern war ich bei meiner Freundin.
– Ist sie sehr hübsch?
– Ich finde ja.
– Sie ist neunzehn.
– Wir kennen uns schon sechs Jahre.
– Ich war fünfzehn.

– Sie war dreizehn.
– Habt ihr damals?
– Ja.
– Und die Eltern?
– Die haben das nicht gemerkt.
– Fangen die Mädchen hier alle so früh an?
– Einige.
– Und wenn die Eltern das spitz kriegen?
– Dann hauen sie das Mädchen durch.
– Zur Polizei geht niemand?
– Die würde sagen: Passen Sie doch besser auf.
– Wollt ihr heiraten?
– Vielleicht.
– In vier oder fünf Jahren.
– Wenn ich vom Militär zurückkomme.
– Neun Monate in Portugal, den Rest im Angola-Krieg.
– Aus Cezimbra fällt nie einer.
– Im Sommer kommen manchmal Mädchen aus Lissabon.
– Die nehm ich mit zum Fort.
– Da weiß ich eine große Kiefer.
– Und die Nutten?
– Das ist jetzt verboten.
– Nur noch da hinten in den Felsen.
– Was kostet das?
– Fünfzehn Escudos.
– Bei uns wären das zwei Mark.
– Was bezahlen die Schwulen aus Lissabon?
– Zwanzig Escudos.
– Die ganze Nacht kostet fünfzig.
– Die Ausländer geben alle hundert.
– Kommen die Nutten jeden Tag?
– Meistens am Wochenende.
– Wenn einer krank ist, dann steckt sich an einem Abend die ganze Flotte an.
– Wir waschen uns gleich danach.
– Oder Zeitungspapier.
– Oder wenigstens Sand.

– Wenn trotzdem einer sich was schnappt, dann gehen wir zum Doktor und lassen uns eine Spritze geben. Der Doktor legt ihn auf den Operationstisch und haut mit dem Holzhammer drauf.
– Hat er dir schon mal draufgehauen?
– Mir nicht, aber einem Freund.
– Meine Mutter mag ich lieber als meinen Vater.
– Wer hat bei euch die Hosen an?
– Meine Mutter.

– Das Boot wird gestrichen.
– Heute fahren wir nicht raus.
– Mein Bruder hat sich in Lissabon einen Anzug schneidern lassen für 1200 Escudos.
– Er hat geheiratet.
– Jetzt ist alles aus.
– Jeden Abend bomba, bummsen, Bombe, seine Frau.
– Wenn ein Fischer nicht arbeiten kann, geht er abends auf den Markt und holt sich bei den anderen einen Fisch.
– Den braucht er nicht zu bezahlen.
– Wenn einer krank ist, bezahlt ihm die Fischerkasse drei Tage lang acht Escudos, zwei Tage lang sechs Escudos.
– Was kostet ein Kilo Kartoffeln?
– Anderthalb Escudos.
– Und ein Kilo Fisch?
– Weiß ich nicht.
– Vielleicht zwanzig Escudos.
– Und ein Paar Schuhe?
– Das ist teuer: 100 Escudos.
– Ich esse am liebsten Fisch mit Öl und etwas Essig.
– Wein dazu.
– Ich mag Fisch lieber als Fleisch.
– Vielleicht wander ich aus.
– Nachts über die Grüne Grenze in den Bergen bei Viana do Castelo.
– Deutschland ist besser.
– Warum?
– In Deutschland kann jeder lernen, was er will.

– Wird in Deutschland viel getanzt?
– Wird in Deutschland viel getanzt? Mario ist in dem Alter. Freitag, Sonnabend, Sonntag, jede Nacht los! Die Nächte durch und morgens zur Arbeit. Im Konfirmationsanzug die Stalltür aufschließen. Ich sitze jetzt mehr, dachte Jäcki.
– In Deutschland wird sehr viel getanzt, sagte Jäcki.

– Fährst du heute nacht?
– Wir fahren immer um zwei Uhr nachts los.
– Morgens um acht oder um zehn kommen wir zurück.
– Und dann?
– Ausladen.
– Nylonfäden säubern und ausspannen.
– Angelhaken dranknüpfen.
– Sardinen in Stücke schneiden.
– An die Angelhaken spieken.
– Wenn gutes Wetter ist, wird gearbeitet.
– Bei Sturm fahren wir nicht raus.
– Wir essen um eins.
– Dann schlaf ich bis fünf.
– Arbeit bis acht.
– Dann geh ich spazieren.
– Jetzt liest die Mutter und wartet auf mich, daß sie die Tür zuschließen kann.
– Wir schließen jetzt immer die Tür zu.
– Ich weiß, die Spanier.
– Ja.
– Ich schlafe noch zwei Stunden, und dann wieder raus aufs Meer.
– Im Sommer, wenn die Tintenfische kommen, fahren wir tagsüber.
– Das findest du alles trist?
– Immer tuckern, tuckern, tuckern, tuckern.
– Sonntags fahren wir nicht raus.
– Dann schlaf ich von Mitternacht bis zehn.
– Dann Fußball.
– Auf den großen Booten nehmen sie Hunde mit.

– Und Zwerghähnchen im Käfig.
– Nur so.
– Tagsüber laufen die Hähnchen auf Deck rum.
– Sie fliegen nicht weg.
– Kennst du Moby Dick, den Weißen Wal?
– Ja, das war auch hier im Kino.

Mario wimmerte wie geknebelt.
Jäcki entdeckte es im Feigenwäldchen.
Die Haut war zu eng.
Vorne am dicken Schwanz Marios hielt die enge Haut das Blut zurück.
– Du solltest dir das einschneiden lassen.
– Dann ist es viel schöner.
– Noch viel schöner?
– Das kostet zuviel Geld.
– Ich warte, bis ich im Krieg bin.
– Bei der Armee operieren sie es umsonst.
– Die einen fürchten, daß ihnen in Afrika die Eier abgeschnitten werden, dachte Jäcki:
– Mario hofft, daß sie ihm die Phimose operieren.

15.
Dies Blau begleitete Irma und Jäcki auf der ganzen Reise.
Es schaukelte am Strand neben ihnen her von den Wanten der Boote, säumte die klassizistischen Simse der Landhäuser.
Blaue Fensterläden.
Blau der kleine Stern, blau der kleine Halbmond an den Leinenzelten.
Jäcki war nicht sehr beschlagen in Blau.
Er wußte nicht, hieß dies Kobalt oder Indigo.

Auch die Hummer in Portinho de Arrabida waren blau.
Ein Fischer zeigte sie ihnen.
Sie piepten auf dem silbernen Tablett.
Gekocht rot.

Dazu kalten grünen weißen Wein.
Und wieder Kakis.
Als bisse Jäcki in dem schaumigen Fruchtfleisch auf eine Rasierklinge:
– Warum esse ich hier nicht mit Mario?

An der Straße nach Setubal wurde urbanisiert.
Die Sekretärin im Verkaufsbüro bot Irma und Jäcki eine Parzelle von 5000 Quadratmetern an.
Hundertjährige Korkeichen.
Kanalisierung.
Einfamilienhaus.
Alles in allem, Kostenpunkt, umgerechnet 50 000 Mark.
Die Bank gleich nebenan, die mittelfristig finanzieren würde.
– Ein Haus in Portugal!
– Wenn man Karriere als Schriftsteller macht, kann man sich ein Haus in Portugal leisten.
– Als politisch engagierter Schriftsteller mit Entwicklungsromanen.
– Die Mitglieder der Kommunistischen Partei ziehen das Tessin vor.
– Blumentopf mit Sarriette.
– Irdene Kacheln.
– Ein Sardinenofen, Irma, und eine blaue Tür!
Jäcki dachte an die Kuhweide des Großvaters.
– Selge, Wiesnagrotzki, Schwarz, Juskowiak.
Parzellen zu je 1000.
– Da wurde er zum Zollinspektor a. D.
– Und das Spitzdachhaus.
– Parteiabzeichen und Kirchenvorstand.
– Dann muß man immer nach Portugal fahren, sagte Irma:
– Und die Zinsen abwohnen.
– Oder es kommt eine Revolution und kassiert die Anlagen, aber nicht die Hypotheken.
– Vielleicht wollen wir einmal ganz woanders hin.
– Und eines Tages ist man dann der schwule alte deutsche Schriftsteller mit dem rostigen Gitter.

– Exiliert ohne verfolgt zu sein, den in Deutschland alle vergessen haben und an den sich hier niemand erinnert.

In Setubal trafen sich die Soldaten mit den Ministerialdirigenten, Zahnärzten, Grundstücksmaklern auf einem wüsten Gelände. Am Zoll, hinter aufgestapeltem Holz.
Die Soldaten drückten die Herren auf die Holzbohlen nieder.
Die Soldaten machten den Herren vor, wie sie sich mit den Armen aufzustützen hätten.
– Zwei Bohlen tiefer, sagten die Soldaten.

Irma und Jäcki wanderten zurück.
Noch einmal wieder nach Portinho de Arrabida hinunter.
Sie verharrten.
Eine blaue Tür.
Eine Tür zu einem Geräteschuppen.
Der Türrahmen war weißgekalkt.
Sie wußten nicht, was sie sahen.
Jäcki fing an, mit Irmas Objektiven zu sehen.
Er suchte schon in der Fototasche herum, ehe er wahrgenommen hatte, was sich da vor ihm befand.
Abgeblättert.
Gestrichen.
Verwittert.
Abgewaschen.
Überstrichen.
Verblichen.
Wirr.
Blaue Adern.
Der Fischer hatte Korkstücke unregelmäßig auf die blaue Tür der Remise genagelt.
Handtellergroße Korkstücke.
Rinde.
Groß wie ein Gesicht.
Arme, Schenkel.
Die rissige Haut der Korkeichen.
Im Blauen.
– Yves Klein.

– Action Painting.
– Nackte Modelle in Farbe getunkt, und wälzen sich über handgeschöpftes Bütten.
– Ein Gipsabguß der Venus von Milo, ganz in Blau.
– Das ist Kunst.
– Die Tür hier, das ist keine Kunst.
– Das Knoll-International-Blau von Yves Klein hängt in jeder Sammlung.
– Immer nur in kleinen Stückchen, denn er wird nach Quadratzentimetern berechnet.
– Man erkennt es gleich.
– Auch mit Brille.
– Da hängt wieder so ein Blauer.
– Der Fischer malt seine Tür blau an und nagelt unregelmäßig Rindenstücke der Korkeiche drauf.
– Kleiner Weitwinkel, würde ich sagen, sagte Jäcki.
– Großes Teleobjektiv, sagte Irma:
– Sonst muß ich zu nahe ran und die Linien kippen und alles läuft auseinander.
Jäcki verstand das nicht:
– Ich sehe nicht ein, warum man ein Gesicht aus der Nähe mit dem kleinen Weitwinkel fotografieren kann und keine Korkeichen wie ein Gesicht.
– Man muß es ausprobieren, wenn man darüber reden will.
– Ich will es nicht ausprobieren.
– Warum nicht?
– Ich will nicht fotografieren. Ich bin total unbegabt. Ich würde das Schreiben an den Nagel hängen.
Jäcki verschwieg, daß ihm Irmas Entgegnungen etwas eigensinnig vorkamen, daß er meinte, sie nehme extra das Teleobjektiv, wenn er den Weitwinkel vorgeschlagen hatte.
– Frauen gebrauchen ein Teleobjektiv, sagte Jäcki:
– Männer den Weitwinkel.
– Außerdem hab ich keinen Farbfilm drin, sagte Irma.
– O, sagte Jäcki:
– Es scheint das Wesen eines Lichtbildners auszumachen, wenn er das richtige Objektiv drin hat, hat er den falschen Film.

– Lichtbildner! sagte Irma:
– Bei der schlechten Beleuchtung hat Farbe sowieso keinen Sinn.
– Schlechte Beleuchtung – strahlendes Wetter.
– Alles kriegt einen blauen Stich, und deine Wundertür sieht aus wie ein Frottierhandtuch.

– Ich stehle mich weg, dachte Jäcki.
Jeden Abend erfand er eine neue Liebkosung, eine neue Gemeinheit, eine neue Sesemi Weichbrodt-Predöhl:
– Ich schnappe noch einmal Luft im lauschigen Fischernest.
Auch:
– Bitte, laß mich gehn.
Marlene von Bob Dylan.
Oder:
– Mich interessiert da ein Sgraffito.
Und:
– Ich gehe jetzt ficken.
Einmal:
– Ich gehe jetzt bummsen.
Jäcki dachte:
– Mir ist eine Bindung schon zuviel, jetzt hab ich zwei.
Irma fragte:
– Bummsen?

16.
– Ich geh noch mal eben weg, sagte Jäcki:
– Ich will nach Lissabon.
– Mitten in der Nacht, sagte Irma.
– Zur Kathedrale.
– Eine Schwarze Messe?
– Nach Aljube.
– Aljube? Was ist Aljube?
– Das Gefängnis von Aljube ist recht klein und liegt der Kathedrale gegenüber. Es wird behauptet, daß die Geheime Staatspolizei . .
– Die Deutsche Geheime Staatspolizei . .

– bei der Planung half, hatte Jäcki in den hektografierten Blättern aus London gelesen.
– Lord Russell of Liverpool wurde mitgeteilt, daß die Gefangenen nach Caxias Nord verlegt würden, wenn die Instandsetzungsarbeiten abgeschlossen wären.
– Die Gefangenen sollten dort nur ein paar Tage gehalten werden, so lange, wie man sie im PIDE-Hauptquartier verhören mußte.

Jäcki suchte das Haus in der romantischen Straße.
Keine Wache.
Die Straßenbahn.
Der ungemütlichen festungsartigen Kathedrale gegenüber.
– Dreizehn Einzelzellen befinden sich im zweiten Stock.
Jäcki ging nahe heran.
Zwei Soldaten kamen die Straße hoch.
Jäcki schlug sich in den Eingang.
Er spürte die Wärme, die aus den Mauern drang.
Schwarz die Küche des Waisenhauses nachts.
Die Soldaten waren schon vorüber.
Ein Gang.
Dunkel.
Schien leer.
Ein Mülleimer.
– Sie befinden sich vierundzwanzig Stunden in völliger Dunkelheit.
– Die Länge der Zelle ist die Länge meines Körpers, die Breite, zweimal die Spanne meiner Hand.
– Ich saß in völliger Dunkelheit, mein Essen mit den Händen ertastend.
– Oma hatte die Zeitung mit den Abbildungen auf dem Mülleimer versteckt.
– Dann sind es Buchstaben, unterschiedlich dickes Raster, Druckerschwärze.
– Ich versuchte zu dem Gefangenen in Zelle 13 zu sprechen.
– Er starrte nur zurück.
– Ein Farbiger . .

– Lord Russell of Liverpool sagte aus:
– Ein farbiger junger Mann aus Angola befand sich in einer anderen Zelle, ich glaube, es war Nummer 16, zu diesem sprach ich.
– Ein Farbiger, sagt Lord Russell of Liverpool.
– Er sagt nicht: Ein Schwarzer.
– Ein Neger.
– Ein Nigger.
– Er sagt: Ein farbiger junger Mann aus Angola.
– Trotz der Tatsache, daß man ihm erklärte, wer ich sei, schien er entsetzt, als ich versuchte, mich mit ihm durch einen Übersetzer zu unterhalten.
– Er zitterte am ganzen Körper.
– Der Mann in der Zelle nebenan begann zu brüllen.
– Er brüllte mehrere Stunden lang.
– Er sagte, daß er in dieser Zelle vier Monate gehalten wurde, ohne jemanden gesehen zu haben.
– Er schrie immer wieder seinen Namen und seine Adresse und daß er Tb hätte.
– Er wurde am nächsten Morgen weggeschafft.
– Ich habe nie wieder von ihm gehört.
– Und ich?
– Und nun?
– Wer bin ich?
– Ich stehe hier unten.
– Über mir geschieht das Unsägliche.
– So heißt es in gepflegten Büchern.
– Bin ich Lord Russell of Liverpool.
– Wenn ich da jetzt raufgehe, ist alles aus.
– Ich habe nur meine paar Wörter.
– Ein farbiger Mann aus Angola befand sich in einer anderen Zelle.
– Und die drucken das auch ganz menschenfreundlich.
– Trotz der Tatsache, daß man ihm erklärte, wer ich sei, schien er entsetzt, als ich versuchte, mich mit ihm durch einen Übersetzer zu unterhalten.
– O Gott, Lord Russell!

– Er zitterte am ganzen Körper.
– Ich habe keine mathematische Wissenschaftslehre entworfen und bin in keiner Partei und fahre für keine humanitäre Organisation nach Lissabon.
– Ich steh hier unten.
– Was ist drin im Kopf?
– Dalis Bohne?
– Irma. Mario. Fischnamen. Namen für die Nille. Palette. Das Waisenhaus. Mutti. Auf der Suche nach der Verlorenen Zeit. Und so weiter. Heißenbüttel. Rosenmüller. Carne Alentejana. Oma und Opa. Silberne Löffel. Mitleid. Fleurs de Rocaille. Erbarmen. Schulterklopfen. Erbärmlichkeit. Begeisterung. Camões. Bazillen.
– Was tun?
– Die Tat.
– Was hätten wir denn tun sollen, Paul, sagte Hexie Hegewisch im Segelanzug auf der Party von Peter E.
– Die da oben tun.
– Tun leiden.
– Ich steh da.
– Schwul.
– Aufschreiben.
– Platens Geschichte der Empfindungen.
– Die Geschichte der Unempfindlichkeit.
– Ein farbiger Mann aus Liverpool.
– Mich mit ihm durch einen Übersetzer.
– João wird von seinem Onkel an der Tankstelle mit Preßluft aufgeblasen, denn João ist Marica.
– Aufschreiben.

17.
Mario zog Jäcki in einen glitzernden Garten.
– Avó, sagte Mario.
– Der Großvater.
Jäcki sollte es nachsprechen.

Mario bog einen Zweig herunter und pflückte ein Büschel zusammen.
Die Blätter raschelten im Mondschein nicht.
– Mario gab Jäcki das Büschel und sagte:
– Chá Chines.
– Chinesischer Tee.
– Wächst Tee auf Bäumen.
– Man geht in den Garten des Großvaters und bricht etwas Tee vom Baum für den Freund. Mit Farol und Lua und Chá Chines beginnt es – bald wird es Tio sein, der Onkel und die Tante, Tia und Mobilette und Geladeira, der Eisschrank und eines Tages auch Kodaki, die Kamera.
Mario hatte vergessen, Jäcki die Adresse aufzuschreiben.

Irma schlief.
Sie begann zu strampeln, zu gurgeln, als Jäcki unter das Bettuch schlüpfte.
Als er neben ihr lag, beruhigte sie sich.
Irma lag in der Haltung eines Embryos.
Die Faust vor dem Gesicht.
Das Mondlicht auf dem Kissen wie ein Stein.
Jäcki fürchtete, sein durch die Erinnerung an Mario beschleunigtes Atmen könnte Irma aus dem Schlaf reißen.
Er versuchte zu atmen wie sie, langsamer, gleichmäßig.
Jäcki blieb die Luft weg.
Er riß den Mund auf und atmete hastig, lautlos ein paar Züge.
Dann versuchte er nochmals, seinen Atem ihrem Atem anzuschmiegen.
– Als könnten sich die Lungen begegnen.
Jäcki versuchte sich abzulenken, durch diese Übung zwischen Hecheln und Ersticken:
– Ich will nicht denken: Warum schlafe ich nicht mit Mario.

18.
Irma hatte den Weitwinkelsucher verloren.
– Er kann doch nicht weg sein.

– Ich bin hier die Straße heruntergekommen.

– Am Kantstein längs.

– Die Fischer können ihn nicht gebrauchen, sagte Jäcki.

– Und wenn die Kinder damit spielen?

– Die bringen ihn an, weil sie Bonbons wollen.

– Nur du hast einen solchen Weitwinkelsucher in Cezimbra.

– Das weiß jedes Kind.

– Und wenn die Spanier ihn finden?

– Glaub doch das nicht.

Irma ging durch Cezimbra und musterte Pflasterstein um Pflasterstein mit bloßen Augen und suchte den Weitwinkelsucher.

– Hoffentlich ist er nicht wieder kaputt.

Jäcki erinnerte die geborstenen Linsen.

Irma war der Weitwinkelsucher in Finnland auf ein künstlerisch gestaltetes Pflaster gefallen.

Regenbogen, geknickte Linien über den Modulen, den Wohnmaschinen von Alvar Aalto, Toivo Korhonen, Sarinen.

Irma suchte den Weitwinkelsucher zwei Tage lang.

Sie fand ihn nicht.

Jäcki am Fort.

Eines der großen Fischerboote mit Hüttchen an Deck dümpelte in der Dämmerung.

Jäcki konnte die Vorgänge an Bord nicht mehr ausmachen.

Befehle, Brüllen der Mannschaft wurden stoßweise, wie bei einer gestörten Radiosendung herübergetragen.

Plötzlich kippte das Schiff, hing so schräge, daß es kentern mußte.

Etwas Schwarzes, Stürzendes riß die Reling links bis an die Dünung hinunter.

Vom Schiff her drang ein langer Schrei.

Zerhackt, Synkopen, vom Sturm.

Das Boot kenterte nicht.

Es schwappte nach dem Schrei ins Gleichgewicht zurück und kippte wieder.

Schrein.

– Sie ziehen das Netz ein, dachte Jäcki.

Eine Folge von Doppelschreien.
Zu den Schreien veränderte das Schiff seine Lage.
Dies Schrein schien Jäcki älter zu sein als Mario und seine Onkel, als Dr. Oliveira Salazar und das Gefängnis von Aljube, die Geheime Staatspolizei, die Statue, älter als Felix Krull und Professor Kukuck im Paläontologischen Museum, das es gar nicht gab, älter als der Spanier Philipp, als der nuggelnde Prälat, als der einäugige Schwimmer Camões und sein langes Lob, als die Quinta da Bacalhoa, als Odysseus und die Kriege um Afrika, der rote grüne Wein, die dicke Frau im Schutt, Fischnamen, Anschwemmsel, älter als das Aufblasen von João an der Tankstelle, weil er Marica ist, so alt wie der Krake, so alt wie die grauen Sägen, die Zähne aus Stein, die unbeweglichen Augen, die Jäcki in die Fußsohlen schnitten.
– Und man kann es nicht beschreiben, dachte Jäcki:
– Man kann es in keinem Roman verwenden.
– Hans Henny Jahnn schrieb von Melismen in der Birkenrinde.
– Thomas Mann schrieb cis und gis.
– Das ist ein Witz.
– Vielleicht wollte er sich über sich selbst ein bißchen lustig machen, über alle die Herren, die mit den Augen rollen, die Geblähten, wie Transvestiten ohne Perücke.
– Cis und gis, das reicht nicht einmal für Chopin, geschweige denn für diese Schreie.
– Die Fischer ziehen das Netz ein und singen dazu ein Arbeitslied, dachte Jäcki:
– Man kann es nicht beschreiben.
– Und fotografieren kann man es auch nicht.

Im Ribamar saß nur ein einziges Paar.
Der Kellner erkannte Irma und Jäcki und setzte sie weit von den anderen entfernt an den richtigen Tisch, als Gäste, nicht als Touristen, das fühlte Jäcki.
Jäcki frage Irma:
– Fisch oder Fleisch.
– Ich weiß nicht.
– Doch. Bestimm du.

– Ich weiß nicht.
– Was willst du denn trinken? Ich würde gerne Weißwein trinken.
– Abends ist mir Rotwein lieber, sagte Irma:
– Dann schlafe ich besser.
– Also Fleisch.
– Aber wenn du lieber Fisch willst.
– Ich will lieber Fisch. Du willst Rotwein.
– Also gut Fisch. Warum soll man keinen Rotwein zu Fisch trinken.
– Nein, Fleisch.
– Nein, nein Fisch.
– Rotwein, sagte Jäcki.
– Also gut, Weißwein, Irma.
Sie ließ Jäcki kein Fleisch bestellen.
Irma suchte selbst den Vinho Verde aus.
Der Fischer in Fliege und weißem Dinner Jackett brachte dem Ehepaar schon den Café.
Es waren Franzosen oder in Frankreich lebende Kanadier.
Sie schienen sich im Ribamar wie zuhause zu fühlen.
Der Mann zupfte dem Fischer einen Fussel aus dem Bart.
Es war ein modebewußtes Ehepaar.
Der Mann trug Shorts, einen schwarzen Pullover, das Hemd vom gleichen Muster wie die Hose, Ketten, Hufeisen, Sattel.
– La Chevalerie Française, dachte Jäcki:
– Ein Ledermann in mercerisierter Baumwolle.
Die Frau trug etwas Futuristisches – Givenchy, Laroche.
Alles etwas zu fest gebügelt.
Der Franzose oder der Kanadier nahm eine Anregung seiner Frau auf, er ging zur Anrichte hinüber und holte sich selbst den kleinen hotelsilbernen Caféöffel.
Der Fischer brachte Jäcki und Irma die Sopa Alentejana.
– Wieder Sopa Alentejana.
– Ja, immer Sopa Alentejana.
Irma und Jäcki stießen an.
Der Franzose oder der Kanadier stand auf, um wieder etwas Leutseliges an der Durchreiche zu unternehmen.
– Sechzig, dachte Jäcki:

– Kupferrot gefärbte Haare. Er meint, rot fällt weniger auf als schwarz.
– Die Frau hat den besseren Friseur.
– Der alte Mann achtet auf seinen Knabenkörper.
– Die regelmäßigen Skiaufenthalte, Kreuzfahrten, Entdeckerferien halten die Schenkel braun und straff.
– Er hat etwas von einem Baumfrosch mit dicken runden Saugwarzen.
– Die Frau sitzt da wie eine Riesenschildkröte.
Der Fischer brachte den Fisch.
– Bezugo.
Jäcki hob die Filets ab.
Die Gräten lagen, wie sie zu liegen hatten.
Jäcki trennte die Galle vom Rogen.
Irma schnitt dem Bezugo Schwanz und Kopf ab.
Jäcki versuchte die Augen des Fisches zu essen, ohne daß Irma es merkte.
Irma schüttelte sich.
– Das Beste, sagte Jäcki.
– Die Augen, sagte Irma.
– In Hamburg hat einmal ein Verwandter aus Leipzig eine Scholle wie ein Beefsteak zerschnitten und hat einfach so ein Stück in den Mund gesteckt, sagte Jäcki und nahm die Mittelgräte mit dem panierten Schwanz und legte sie auf den Grätenteller.
– Du zerlegst dich selbst, sagte Irma.
Ihr rutschte das Messer aus der Hand, aufs Tischtuch.
Irma versuchte, das Tuch sauberzukratzen.
– Wenn wir in Leipzig Fisch aßen, sagte Irma:
– Hatten wir immer ein Messerbänkchen.
– Wir hatten in Hamburg nie ein Messerbänkchen.
– Ist was?
– Nein. Ist was?
– Ich habe nichts, sagte Irma.
– Ich habe auch nichts, sagte Jäcki:
– Ich habe einen Freund.
– Er heißt Mario.
– Er ist Fischer.

– Wir treffen uns jeden Abend.
– Er erklärt mir die Gegenstände auf Portugiesisch.
– O Farol.
– Weißt du, was das heißt?
– Nein.
– Der Leuchtturm.
– A Lua?
Irma sagte:
– Der Mond.
– Und Chá Chines?
– Ja. Tee. Schwarzer Tee. Chinesischer Tee.
– Ein komisches Wort. Chá. Vielleicht ein chinesisches Wort.
– Einmal kam ein Esel.
– Der Bauer ritt mit der Abendmilch vorbei und redete mit dem Esel.
– Das ist alles.
– Wie dumm, sagte Jäcki:
– Ein Fischer. Ein Bauer. Ein Esel. Und Mond. Wie sentimental. Ein Fischer ohne Messerbänkchen, der Phimose hat.
– Was heißt Phimose?
– Vorhautverengung.
– Er wartet, bis er nach Afrika kommt, in den Krieg.
– Da operieren sie es umsonst.
– Warum redest du nicht?
– Warum sagst du nicht: Es dauert ja doch nicht lange?
– Warum sagst du nicht: Nach einem Monat langweilt es dich doch sowieso?
– Warum sagst du nicht: Dann sitzt du allein im Ribamar und ißt deine Fischaugen?
– Der einzelne ältere Herr, der was vom Essen versteht?
– Mit Strichjungen geht man nicht ins Ribamar?
– Warum sagst du das nicht?
– Das wäre es doch ohne dich.
– Ich will es nachholen.
– Ich will nicht nur darüber schreiben, wie sich die ganze Welt in einen Weitwinkelsucher verwandelt.
– Ich kann mir auch ein Fischauge anschaffen.

– Das ist ein Kalauer.
– Ich meine: Ich will mich nicht in einen Weitwinkelsucher verwandeln.
– Das ist präziser ausgedrückt.
– Du kannst die Beatles zehnmal mit einem Fischauge aufnehmen – dreihundertsechzig Grad hin und wieder zurück; zum Schluß ist es doch nur ein Negativ und ein platter Abzug und du hättest es genausogut mit dem normalen Objektiv hinkriegen können.
– Eben nicht! Daß du das nicht begreifst; es hat überhaupt keinen Zweck, dir das erklären zu wollen.
– Warum beklagst du dich nicht.
– Du gibst meinem Leben Halt.
– Ich weiß.
– Ohne dich hätte ich nie eine Kurzgeschichte veröffentlicht.
– Ich weiß.
– Meine Mutter findet heute noch alles falsch, was ich schreibe.
– Du warst die erste, die mich gelobt hat.
– Ohne dich hätte ich keinen Vertrag mit Peter E., und wir säßen hier nicht auf Vorschuß und tränken Palacio de Brejoeira, vom Waisenhaus.
– Warum redest du nicht?
– Ich bin der Plumpe.
– Ich weiß.
– Der der redet.
– Ich zerlege den Fisch comme il faut – wie ein Parvenu.
– Weißt du, es gibt auch eine ganz schöne Tyrannei der Sanftheit:
– Vinho Verde oder Vinho Tinto.
– Den Vorhang im Hotel zwei Drittel auf oder halb zu.
– Warum schweigst du?
Jäcki hatte leise gesprochen.
Nicht einmal der Franzose war aufmerksam geworden und hatte herübergelauscht.
– Was fehlt dir denn, sagte Irma.
– Ich möchte mit Mario essen gehen.
– Ich habe nichts dagegen, daß du mit Mario essen gehst.

– Und dann kleckert ihm der Fischer Soße auf die Hose.
– Es geht überhaupt nicht darum, daß du nichts dagegen hast, daß ich mit Mario essen gehe.
– Es ist mir völlig egal, mit Mario essen zu gehen.
– Warum rede ich eigentlich dauernd vom Essen.
– Als ob mich Essen überhaupt interessierte.
– Nimm ihn mit nach Othmarschen, sagte Irma.
– In den Hamburger Regen?
– Er kriegt keinen Paß.
– Er muß zum Kommiß.
– Weißt du, was ich will?
– Ich will aussehen wie dieser kanadische Frosch da.
– Aber ich will nicht aussehen wie seine Schwester, sagte Irma.
– Du meinst, das sind Geschwister?
– Ich bin nicht so schwach, wie du denkst, sagte Irma.

19.
Mario fehlte.
Das Hausmädchen stand mit dem Lehrling vom Banco Espirito Santo an der Sprechanlage.
Der Leuchtturm blinkte.
Es war Vollmond.
Im Feigenwäldchen fand Jäcki Mario nicht.
Jäcki durchquerte Cezimbra.
Er ging auf den Berg zu.
Drei Männer rannten ihm entgegen, brüllten ihn an:
– Mulheres.
– Frauen.
Noch einmal:
– Mulheres.
Jäcki wollte sie zum Kliff schicken – die dicke Frau lag heute nicht in der Spalte, im Schutt.
Jäcki sah Mario über die Chaussee von den Werften her kommen.
Die Fischer waren längst hinaus.
Kein Lastwagen fuhr mehr.

Mario ging allein auf der Chaussee.
Er hatte Jäcki noch nicht entdeckt.
Mario sah in den Mond.
Mario drehte sich zum Leuchtturm hin und wartete drei Blitze ab und ging weiter.
Mario blieb wieder stehen.
Er sah aufs Meer.
Mario hob beide Arme, hoch, über den Kopf hinaus.
Er rannte wieder ein Stück in Richtung Werften.
Mario kam auf Jäcki zu und händigte ihm ein Stück Pappe aus, darauf große, eingerahmte Wörter.
– Ich bin eingezogen worden, sagte Mario:
– Da hast du meine Adresse.
– Ich weiß nicht, ob man mir die Briefe nachschickt.
Sie gingen ins Feigenwäldchen.
Jäcki dachte, daß er jetzt etwas Besonderes fühlen müßte, etwas Einmaliges, Herzzerreißendes, alle Süße Marios, alle Locken, alle Wärme gesteigert.
– Morgen ziehen sie dann in ihren strammen Hosen, zu den Pfeiflein von Dr. Oliveira Salazar, Hottentotten schießen.

20.

Es war alles gepackt.
Die beiden Koffer, die Tasche mit der Leica und den Objektiven – der Weitwinkelsucher fehlte –, die Tasche mit der Rollei und den belichteten Filmen, das Manuskript, die Verlorene Zeit, Reinhold Schneider, Camões, Pessoa, Sá Carneiro, das hektografierte Heft von amnesty international, die Flasche Tinte, festverschraubt, Muscheln.
Jäcki ging auf den Berg zu.
Hoch oben die Sonne, ganz klein und weiß.
Unheimlich, keine Schatten.
Mario war nicht da.
Wie konnte er jetzt Mario hier erwarten.
Niemand war jetzt hier.

Doch.
Neben einer Schlucht sonnte sich Smith junior in einem gewagten Slip.
– Auf wen der wohl wartet!

Der Frachter der Oldenburgisch-Portugiesischen Dampfschifffahrtsgesellschaft wurde in Nordafrika aufgehalten.
Mit wenig Geld warteten Jäcki und Irma in Lissabon bis Anfang Dezember.
Dr. Bergmann bemängelte Johannes Bobrowskis Doppeldistichen.
Dr. Bergmann erklärte Jäcki den Trick, wie man in ein Manuskript zur Vollendung ein paar Ungeschicklichkeiten hineinkorrigiert.
– In die Verlegenheit kommen wohl nur wenige, meinte Jäcki.
Dr. Bergmann vermittelte Lesungen in Coimbra, in einer Deutschen Schule, in der Universität von Lissabon.
Jäcki las aus seinen Erzählungen.
Dr. Bergmann saß neben Irma.
Als die Käsetorte durch das Wohnzimmer rollte, lachte Dr. Bergmann.
Das war ja auch wirklich komisch.
Dr. Bergmann saß mit ausgestreckten Beinen in der ersten Reihe.
Dr. Bergmann lachte auch bei der Kirschsuppe.
Er lachte bei Frau Wichmanns Ohr.
Er konnte gar nicht wieder aufhören.
Dr. Bergmanns Gesicht lief rot an, und sein langer dünner Körper zuckte auf und nieder.
Dr. Bergmann lachte beim Krüppelheim.
Er bog sich vor Lachen über den Trudelwagen des Großvaters.
Es gab im Auditorium Maximum nur noch sie beide, den Emigranten, Bergmann, den Curtiusschüler, und Jäcki, den Halbjuden, der dem Juden Vokabeln soufflierte, daß der sich ausschütten konnte vor Lachen.
Terrorangriff.
Sturzkampfbomber.
Flakhelfer.

BB-Kellerschrumpfleiche.
Tränen rannen über Dr. Bergmanns Gesicht vor Lachen.

Endlich kam der Frachter der Oldenburgisch-Portugiesischen Dampfschiffahrtsgesellschaft.
Eine stille Fahrt den Tejo hinunter.
Auf offenem Meer dann Orkan.
Die Weinfässer barsten.
Der Wein schwappte innen an die Wanten, den Sturmwellen draußen entgegen.
Irma saß grün in der Badewanne.
Sie wurde in einem Schwung mit dem Wasser herausgehoben.
Jäcki wollte sterben.
Die Leber schwoll an.
Er konnte es fühlen.
Im Kopf rastete etwas aus.
Jäcki wollte sofort vom Schiff runter.
Das ging nicht.
In Leixões sagte der Erste Offizier, der sich in Lissabon noch nach den Herbstneuerscheinungen erkundigt hatte:
– Kredite sind nicht vorgesehen.
– Aber ich sterbe, sagte Jäcki.
– Wenn Sie das Schiff verlassen, können wir Ihnen die Passage nicht erstatten.
– Wir lassen die Koffer an Bord.
Der Erste Offizier lieh ihnen nichts.
Jäcki telegrafierte an Peter E.
Das kostete auch wieder zwanzig Mark.
Irma und Jäcki verließen den Frachter der Oldenburgisch-Portugiesischen Dampfschiffahrtsgesellschaft mit zwei Taschen.
Ein Kleid zum Wechseln, ein Hemd, Zahnbürsten, die Kameras, die Filme, das Manuskript.
Den Rest würden sie nie wiedersehen, denn der Frachter zog seinem Untergang in der Biscaya entgegen.
Irma und Jäcki hitchhikten nach Barcelos.
Rosa Ramalho war mit einem Müller verheiratet gewesen.
Er starb.

Rosa Ramalho fing an, Tonfiguren zu modellieren, um die Familie zu ernähren.
Jäcki brachte ihr einen Stockfisch mit.
Die Achtzigjährige tanzte im Kreis der zwanzig Enkel mit dem Stockfisch auf dem Kopf.
Rosa Ramalho buk Christusse und Höllenszenen aus Ton, schlanke Flaschen mit Tiergesichtern, kleine Guitharrespieler auf dem Rücken.
Und eine minoische Venus mit der Schnecke.
Es war nicht das erste Mal, daß Touristen den Sturm flohen und durchs Minho trampten, dem grünen Wein nach.
Jäcki sah Ägypter kommen, die brachten ihre Teufelchen, die Phönizier, die Minoer, Seeräuber, Seiltänzer, Landstreicher, Wunderdoktoren, Zauberpriester.
Jäcki nahm auf, was die zurückgelassen hatten.
Vom letzten Geld kaufte er, soviel Irma und er nur tragen konnten.
Tiergötter, Aphrodite, einen Leidensmann, so hell, als sei er aus Hostienteig, ölfarbebemalte Gespenster von der Nachbarin, der Nachfolgerin von Rosa Ramalho, Rosa das Rochas, der Konkurrentin – und von einem Jungen ein bootsförmiges Krokodil.
Die beiden Rosas wollten sich kringeln über die beiden Blonden, die zu Fuß weiterreisten, in den Winter hoch, mit Pappkartons voller Figuren, Figuren, wie man sie für die Kinder macht, ohne Mühe und Sorgfalt, Ramsch, für ein paar übergeschnappte Professoren aus Coimbra.
Und einen hostienfarbenen Christus auf der Schulter.

Irma und Jäcki lernten einen Revolutionär kennen, der berichtete ihnen vom Urkommunismus in den Bergen, von Dörfern, in denen der Kamin unbekannt sei, der Rauch ziehe durch die Schindeln ab.
Mit Venus und Oblatenmann hikten Irma und Jäcki weiter ins Gebirge.
Der erste Schnee.
In Amarante wird Brot gebacken in der Form von Nillen.
Der Wirt entfachte für die Gäste in Sommerkleidern das Kaminfeuer im Speisesaal.

Alte Damastservietten zur Kohlsuppe.
In Moimentos Eis im Waschwasser.
Die Öde vor Grenzen.
Kein Verkehr mehr.
Unten im Tal zickzackte eine blaue Fliege hoch – ein funkelnagelneuer blaugespritzter BMW.
Der Berliner, der mit 180 Sachen pünktlich zur Beerdigung seines Vaters in der Bundesrepublik ankommen wollte, hielt.
Nach Salamanca.
Jäcki hatte so ein Vorgefühl.
Peter E. ist absolut zuverlässig.
Aber wer weiß.
– Ganz allein bis nach Berlin?
– Ich hasse Gesellschaft im Auto, sagte der Trauernde.
– Hier ist die Wildnis, wo Salazar seine aufständischen Generäle erschießt – überall sonst hätte ich Sie stehen lassen.
In Salamanca gingen tausend Gongoras in schwarzen Überröcken um einen grauen alten Platz.
Keine Frau in den Cafés.
Die Monatsrate von Peter E. war auf der Post nicht eingetroffen.
Kein deutsches Konsulat in Salamanca.
Der französische Konsul – die Herzogin von Alba –, in einer weißen Zelle sechs blutrote Stühle.
– 300 DM, sagte die Herzogin von Alba:
– Das ist umgerechnet das Monatsgehalt eines Ministers von Franco.
Jäcki wiederholte:
– La Culture Française, Institut Français, Tours, Giono, Abbé Pierre.
Die Herzogin von Alba sagte:
– Ich kann Ihnen nicht helfen. Ich würde es gerne tun. Ich besitze keine dreihundert Mark umgerechnet.
Vom allerletzten Geld fuhren Jäcki und Irma mit zwei Taschen, zwei Pappkartons und einem oblatenfarbenen Christus stundenlang um Avila herum – alle Zacken der Mauern der Heiligen Therese – und nach Madrid.
Die Polizisten trugen abgesägte Ofenrohre als Helme.

Es gab einen Nachtwächer.
Der hieß Severo.
Der Strenge.
Neben Billardsälen wichsten Exilkubaner.
– Yo te quiero.
Und kam dann nicht zur Verabredung.
Die Commerzbank telexte zurück:
Drei Tage. Unmöglich. Telegrafische Geldanweisungen nach Spanien dauern sechs Wochen.
Irma und Jäcki verwohnten Nächte, die nicht mehr gedeckt waren.
Der Direktor des Goetheinstitutes bot Jäcki eine Lesetournee an.
– In Francos Spanien?
– Sie haben im Portugal Salazars getourt.
– Ach übrigens . .
Jäcki erzählte, kurz, die Geschichte vom Orkan, von der Badewanne, von Peter E. und vom Telex der Commerzbank.
– Für Heimschaffungen ist die Botschaft zuständig, sagte der Direktor des Deutschen Kulturinstitutes von Madrid.
Im Prado das Weiß Zurbarans.
Für Legationsrat Huber, den Irma kannte, weil sie mal was mit seinem Bruder gehabt hatte, war Jäcki ein junger Mann, der vorgab, im Rowohlt Verlag einen Roman veröffentlichen zu sollen.
Der Fachausdruck Heimschaffung beinhalte weiter nichts Erniedrigendes.
Die Vertretung der Bundesrepublik pumpte Jäcki und Irma gegen Vorlage der gültigen Reisepässe den geringstmöglichen Betrag zum Transport an die französische Grenze.
Als besondere Aufmerksamkeit dem jungen Dichter gegenüber legte Legationsrat Huber noch das Übernachtungsgeld in Madrid dazu.
In Frankreich war Generalstreik.
Eine Draisine verkehrte von Hendaye – Irun nach Paris.
Sie hielt in jedem Dorf.
Jäcki war schon einmal mit einem gebügelten Hemd in der Tasche ohne Geld von Dorf zu Dorf durch Frankreich gezogen.

Jäcki buchstabierte sich an den Bahnhofsschildern des kerzenerhellten Landes in die französische Vergangenheit zurück.
Elne.
Das romanische Kloster.
Salz und Pfeffer in der Jugendherberge.
Languedoc.
Languedoeil.
Kunstsprachen.
Docdocdoc.
Oeiloeiloeil.
Schafe.
Ziegenkäse.
Albigenser und Bogumile.
Bougre.
Der es von hinten macht.
Cahors.
Tomaten.
Olivenöl.
Weintrauben.
Knoblauch.
Der persische Tierpfeiler.
Toulouse.
Chapelles Rayonnantes.
Der junge Gauner im Pelz.
Montmorillon.
Villons Wein.
Du haut de ma potence,
Je regarde la France.
Das Frankreich der Grotten.
Das Frankreich von Hans Henny Jahnns Kuppelkirchen.
Solignac.
Emaille.
Feigen.
Der Hundertjährige Krieg.
Josquin.
Mignonne allons voir si la rose.
Kamine voller Knochen.

Je meurs de soif auprès de la fontaine.
Welt adé ich bin dein müde.
Irma und Jäcki fuhren in ein schwarzes Paris.
Auf den Fensterbänken brannten die ersten Kerzen – wie in Melldorf zur Landwirtschaftslehre für die Gefallenen.
Irma und Jäcki übernachteten in einem Kutscherhäuschen auf der Ile St. Louis.
In Paris würden ihnen Freunde weiterhelfen.
– Mario wartet jetzt in Angola, daß sie ihn am Schwanz operieren.

21.
Jäcki ging in die Rue de Penthièvre.
Er spazierte am Louvre vorbei, wie damals, 52, mit dem Stipendium nach Tours in der Tasche.
Auf den Seinekais parkten keine Autos – da schliefen die Clochards.
Der Louvre war damals schwarz und Malraux war ein Schriftsteller – jetzt war Malraux Kultusminister und der Louvre war sandstrahlweiß.
Jäcki spazierte an der Englischen Botschaft vorbei, am Elysée-Palast, am Hotel Matignon.
Da wohnte der General de Gaulle mit seiner Frau.
– Comment va Monsieur Gide?
– On n'arrête pas Voltaire.
Im spitzen Winkel dazu lag die Rue de Penthièvre.
Ein Innenhof.
Eine Rotunde.
Grünlich.
Die verglaste Tür.
Im Vorraum roch es nach eingeweichtem Brot.
Eine alte Frau hing mit dem Oberkörper über eine Art Theke.
Neben der Kasse saß ein dicker kastrierter Kater.
Der Kater saß dort jedesmal, und jedesmal saß oder lehnte dort die Frau.
Jäcki bezahlte.

Er bekam einen Bon aus Pappe – er fühlte sich an wie Marios Adresse –, Jäcki bekam ein Stück Seife.
Den Umhang sollte er sich selbst aussuchen.
Auf einem Stuhl lagen graue, faltenreich genähte Umhänge, schnell durch die Mangel gedreht und noch nicht ganz trocken vom vorigen Gast.
Die Frau begann jedesmal, am Kater vorbei, ein Gespräch über den Lauf der Zeit, den Sinn des Daseins, das Elend der Menschenkinder.
Der nächste Gast kam durch die verglaste Tür.
Er guckte hinter sich.
Die Frau bediente die Kasse.
Jäcki ging an ihr vorbei, einen leicht gewinkelten Gang entlang.
Rechts und links Einzelkabinen für Sitzbad, russisch-römisches, Kneipp, Güsse, Einläufe, Hydrotherapie, Streckvorrichtungen.
Alle unbesetzt.
Jäcki öffnete eine Eisentür – wie zu einem Luftschutzkeller.
Aus einem Kreis feuchter Greise stürzte ein bretonischer Typ auf ihn zu und stellte sich jedesmal als Achill vor:
– Achiles!
Nahm den Pappbon zu sich und wies Jäcki ein Schränkchen für die Kleider an.
Die Greise begannen um Jäcki herumzustreifen.
Sie zogen die Faltenumhänge über den höckerigen Gesäßen stramm und sahen sich verführerisch und arrogant nach Jäcki um.
Auf die Greise folgten riesige Algerier mit blutdurchschossenen Sklären.
Die Pupillen aus Blei.
Der Gang zur Dusche war verstopft.
Die Greise tasteten Jäcki mit schlotternden Händen zwischen die Falten des Umhangs – vorne.
Die Araber hinten.
Der Ruheraum.
In der trockenen Hitze übte ein Hundertjähriger den Liegestütz.
Der Dampfraum war dunkel.
Achill hatte einen nassen Bademantel um die Lampe gewickelt.

Wenn Madame de Gaulle ihrem Gatten in den Ohren lag und der General die Sitte vom Elysée-Palast eben rüber in die Rue de Penthièvre schickte, kam Achill in den Dampf und riß den nassen Bademantel von der Lampe.
Wer es dann noch nicht begriffen hatte, riskierte von den verführerischen Sittenpolizisten mit einer klebrigen Flüssigkeit bespritzt zu werden, die den Dummen violett markierte, wie ein Stück Fleisch.
Die Farbe ging nicht wieder ab.
Die Sitte fing ihn am Ausgang.
Jäcki kannte das Dampfbad in der Rue de Penthièvre nicht von de Gaulle und Malraux.
Helmuth, der Buchhändler, hatte ihm die Adresse gegeben.
Es gab Besucher, die behaupteten, Oscar Wilde sei Stammgast gewesen, Proust habe es mit den Möbeln seiner Mutter ausstaffiert, Cocteau beschrieb es im Livre Blanc, und Marcel Jouhandeau, ein Kollege von André Malraux, besuche es noch heute.
Oben gab es ein Gepolter.
Die Sitte verhaftete einen Gast.
Der floh nackt auf die Straße und wurde dann auf dem Boulevard St. Honoré eingefangen und zur Grünen Minna geschleppt.
Die Sitte entschuldigte sich bei Achill:
– Wir haben schon fünf Dampfbäder hinter uns.
– Das ewige An- und Ausziehen und die Tanten Provozieren.
– Wir mußten schließlich auch mal einen einfangen und auf die Wache bringen.
– Jetzt macht der solchen Ärger.
– Aber entschuldigen Sie.
– Bis zum nächsten Mal.
Achill zuckte die Achseln und stopfte den nassen Bademantel wieder um die Lampe im Dampfraum.
Jäcki hörte die Tropfen von der Decke fallen.
Ein paar Minuten noch saßen die Greise und die Algerier starr.
Vor Jäcki dämmerte ein Neger auf, der von einem zum anderen ging, ihn gegen das Geländer kehrte, niederbog, stieß.
Er nahm auch Jäcki her.
Jäcki glitschte die Stufen hinunter.

Er wußte nicht, welchem italienischen Komponisten er auf die Zehen trat, welchen poeta laureatus er anrempelte.
Jäcki floh in die Dusche.
Die Ringer wuschen sich sorgfältig, mehrmals jedes Glied, seifend, duschend, seifend, Muskel um Muskel, einen Hoden nach dem anderen, ohne den Blick zu wenden, meditierend, als sei es das Hammam in der Wüste.
Die Greise drängten sich an der Tür.
Die unbeleuchtete Treppe.
Oben drei Kabinen.
Durch das Oberlichtfenster fiel das letzte Dämmern des Tages.
Im Vorraum lauerten die Algerier und schoben den Greisen hinten die Faltenumhänge hoch.
Einer versuchte es, zart, zart, bei Jäcki.
Jäcki schlug sich die Treppe hinunter ins Helle.
Rechts von der Dusche noch zwei Kabinen.
Eine Mauer von Männern hatte sich um einen Greis gezogen, dessen umfangreiches, faltiges Fleisch auf das kunststoffbezogene Behandlungsbett geschleudert wurde; der Greis sank aufjammernd zusammen unter den Falten des Umhangs, welche der Araber sorgfältig über sich und den Greis zog.
Die zitternden Rundungen des Arabers flogen auf unter dem grauen Tuch und stürzten hinunter in den weichen Greis.
Schneller.
Schnell ging es zuende.
Der Algerier raffte vorsichtig den Umhang beim Heruntersteigen.
Der Nächste fiel über den Greis her, fünf, sechs, der wimmernd hinter dem Kunststoffkissen hervorlächelte.
In dieser Kabine war Jäcki ein Jahrhundert zu jung.
Jäcki stellte sich zu Achill an den Bierausschank.
Ein dürrer Araber stellte sich neben ihn.
Jäcki ging in den Ruheraum.
Der Algerier hinterher.
Treppauf, treppab, treppauf, von Kabine zu Kabine.
Zwischen den Betten oben klemmte er Jäcki ein.
Jäcki fühlte unter dem Tuch das Wüstenglied des Dürren und faßte dem Araber an den Hottentottensteiß.

Der Araber wollte Jäcki küssen.
Er leckte Jäcki an den Ohren.
Er sagte:
– Da nicht.
– Hinten nicht.
– Vorne.
– Alles was du willst.
Der Araber drängelte, biß, spuckte, kitzelte mit dem Finger, hängte seinen Umhang über den Steifen und schob Jäckis Umhang hoch.
Jäcki schrie.
Jäcki hatte die Vorstellung, er sollte ausgeweidet werden.
Mit dem Dürren verkeilt stolperte er aus der Kabine.
Die Greise rückten gegen sie beide an.
Der Araber hielt ihn umzingelt.
Ein mürber Mann kniete vor Jäcki nieder.
Die letzte Flamme von Oscar Wilde.
Prousts Flieger.
Cocteaus de Max.
Er fing an, an Jäcki zu lutschen.
Ein kurzer Algerier rannte mit einem dritten Bein in der Hand immer um Jäcki und den Dürren und den Pensionär der Comédie Française herum.
Als die Schmerzen nachließen, drehte Jäcki das Mitglied des Théâtre Molière dem Bein des kurzen Algeriers hin.
Der Mime wurde doppelt erfüllt.
Jäcki merkte, wie seine Empfindungen von einem Ort zu einem anderen geschwemmt wurden, sosehr der geschulte Mund des greisen Schauspielers an ihm auch saugte.
Jäcki hatte das Gefühl, doppelt zu existieren.
Jäcki kam sich wie eine Hohlform vor, die ihn selbst noch einmal wahrnahm.
Als er merkte, daß der dürre Araber in ihm zu zucken begann, zuckte er auch auf im Mund des Théâtre Molière.
Jäcki bemerkte etwas Neues in sich, nach einer ganzen Naturgeschichte, hier im Jüngsten Gericht der Rue de Penthièvre, zwischen dem Mauermann aus Oran und dem komischen Alten der

Comédie Française, gleich neben dem Elysée-Palast von Monsieur et Madame de Gaulle.
Jäcki hatte zu Dulu gesagt – nun war er doch ohne den Katalog des Paläontologischen Museums zurückgekehrt:
– Das würde ich nie mit mir machen lassen.
Das war eine Lüge.
Zweimal hatte er es mit sich machen lassen.
Einmal als Geschenk an Alex, zur Generalprobe von Purpurstreifen.
Und einmal in Stuttgart, Wolfgang, aber Jäcki hatte es nicht gemerkt, es geschah wie in einem Traum, wo man die Dinge tut, ohne sie zu fühlen.
Jäcki hatte zu Dulu gesagt:
– Wenn man sich daran gewöhnt, ist man verloren.
– Ich denke, du läßt dich nicht, hatte Irma angemerkt.
– Jetzt lasse ich mich.
Es schien Jäcki die einzige Veränderung zu sein, außer der Geburt, welche die Natur hergab.
Das war das ganz Andre.
Jetzt wußte Jäcki, daß er enden würde wie ein Schmerzensgreis der Witwe Rosa mit oblatenfarbenem Fleisch.
Jäcki verwandelte sich noch einmal.

Editorische Notiz

Der Roman *Eine Glückliche Liebe* gehört zu den sechs Bänden der *Geschichte der Empfindlichkeit*, die als abgeschlossene Typoskripte vorlagen, als Hubert Fichte im März 1986 starb.
Im ersten Aufriß des Gesamtprojekts, den der Autor, noch unter dem Titel *Die Geschichte der Empfindsamkeit*, 1981 veröffentlichte (im Band Hubert Fichte der Zeitschrift *Text und Kritik*) stand *Eine Glückliche Liebe* an dritter Stelle, noch vor dem Band *Abbitte*, der in späteren Plänen den Titel *Die Zweite Schuld* bekam, vor die *Glückliche Liebe* rückte und im Plan letzter Hand vermutlich aus Gründen des Persönlichkeitsschutzes eine Sperrfrist von 20 Jahren trug. Deshalb wird die Edition der *Geschichte der Empfindlichkeit* zunächst mit dem vorliegenden vierten Band fortgesetzt.
Eine Glückliche Liebe wurde 1984 druckreif abgeschlossen auf der karibischen Insel Grenada. Seine Spielzeit liegt genau 20 Jahre davor: im Jahr 1964. Spielort ist Portugal: Ausgangspunkt aller späteren Erkundungsreisen der Protagonisten des roman fleuve, der Künstler Irma und Jäcki, in afrikanische und afroamerikanische Regionen noch vor der ersten großen Eurotourismuswelle. Hierher werden Jäcki und Irma immer wieder zurückkehren.
Wie schon bei der Drucklegung der Romane *Hotel Garni* und *Der Kleine Hauptbahnhof oder Lob des Strichs* beschränkte sich auch hier die editorische Arbeit auf einige wenige orthographische und Interpunktionskorrekturen – wobei Fichtes meist nach sprachmusikalischen, stilistischen und szenischen Gesichtspunkten gesetzte Eigenheiten möglichst unangetastet blieben. Der Tendenz des Autors, störende Anführungszeichen wo irgend vertretbar zu vermeiden, wurde auch hier so weitgehend entsprochen, wie Zusammenhänge, Bezeichnungen, Namen und Titel erkennbar blieben.

Im Mai 1988 Gisela Lindemann

Hubert Fichte

Die Geschichte der Empfindlichkeit

Herausgegeben von Ronald Kay, Gisela Lindemann,
Torsten Teichert und Wolfgang von Wangenheim
in Zusammenarbeit mit Leonore Mau

Hotel Garni. Roman
Der Kleine Hauptbahnhof oder Lob des Strichs. Roman
Die Zweite Schuld. Glossen
Eine Glückliche Liebe. Roman
Alte Welt. Glossen
Der Platz der Gehenkten. Roman
Explosion. Roman der Ethnologie
Die Schwarze Stadt. Glossen
Psyche. Glossen
Forschungsbericht. Roman
Die Geschichte der Nanã. Roman
Hamburg Hauptbahnhof. Register
Praraleipomena. Lil's Book
Das Haus der Mina in São Luiz de Maranhão
Homosexualität und Literatur 1. Polemiken
Homosexualität und Literatur 2. Polemiken
Schulfunk. Hörspiele

S. Fischer Verlag
Fischer Taschenbuch Verlag